侨批里的中华情

[新加坡] 蓉子/主编

南方出版传媒
花城出版社
中国·广州

图书在版编目（CIP）数据

侨批里的中华情 /（新加坡）蓉子主编. -- 广州：花城出版社，2018.8（2019.3重印）
ISBN 978-7-5360-8742-2

Ⅰ. ①侨… Ⅱ. ①蓉… Ⅲ. ①散文集－亚洲－现代 Ⅳ. ①I306.5

中国版本图书馆CIP数据核字(2018)第201282号

出 版 人：	詹秀敏
责任编辑：	许泽红
特邀编辑：	池雷鸣
技术编辑：	凌春梅
封面设计：	尚世视觉
内文版式：	李玉玺

书　　名	侨批里的中华情 QIAOPI LI DE ZHONGHUAQING
出版发行	花城出版社 （广州市环市东路水荫路11号）
经　　销	全国新华书店
印　　刷	佛山市浩文彩色印刷有限公司 （广东省佛山市南海区狮山科技工业园A区）
开　　本	880毫米×1230毫米　32开
印　　张	5.625　1插页
字　　数	66,000字
版　　次	2018年8月第1版　2019年3月第2次印刷
定　　价	26.00元

如发现印装质量问题，请直接与印刷厂联系调换。
购书热线：020-37604658　37602954
花城出版社网站：http://www.fcph.com.cn

合作单位：

1. 中国世界华文文学学会
2. 广东省侨务办公室
3. 汕头市侨批文物馆
4. 暨南卓越智库：海外华文与侨务文化战略
5. 新加坡南洋草堂文化交流会

一息尚存,家批决无中断之理!

目 录

序一 王列耀　　　　　　　　　　001

序二 林伦伦　　　　　　　　　　005

序三 林庆熙　　　　　　　　　　010

第一辑

异乡新客 [新加坡]蓉子　　　　　　003

两地书 赖秀俞　　　　　　　　　　008

南洋游子吟 池雷鸣　　　　　　　　016

此心安处是吾乡 池雷鸣　　　　　　023

回首已是百年身 胡海洋　　　　　　028

尊前慈母在，浪子不觉寒 胡海洋　　033

浮萍飘摇 胡海洋	038
六十六年浮生梦 赖秀俞	044
家国情两依 陈润庭	050
情怀依旧 [新加坡]蓉子	055

第二辑

留守姿娘 林伦伦	061
感恩行孝话侨批 陆士清	067
柴米油盐问金安 [新加坡]蓉子	071
飘飘孤雁影 [新加坡]潘正镭	076
过番翁 [泰国]杨玲	080
所爱隔山海 刘登翰	085
批里容颜瘦 [新加坡]蔡深江	090
鸿雁传书,夫妻唱和 陆士清	093
我曾客串侨批童工 [新加坡]何乃强	097
家书抵万金 [马来西亚]朵拉	102

侨批中的希望与焦灼 [马来西亚]小黑	106
笑说家教门风 [新加坡]李莼民	110
侨批里看家风 白舒荣	115
感恩之心 白舒荣	119
烽火中的侨批 [泰国]司马攻	122
飞鸿遥寄家国情 杨中艺	126
女子家书 刘登翰	130
侨批的家国年代 [马来西亚]陈再藩	134
天涯盼飞雁,此地长相思! [新加坡]蓉子	138
岁月易老人恒在 王列耀	143
后记 [新加坡]蓉子	146

序一　此情可待成追忆

王列耀

"侨批"是什么?

应该有很多人不知其为何物,纵然是侨乡的年轻人,可能也难以说出一二。

眼下正是电子支付、微信传情的时代,侨批这种银信合一的时代产物,早已不合时宜了。

人们热衷的是"虚拟",一张手掌大的纸片,漂洋过海从一双手到另一双手,从一颗心到另一颗心,不知是否浸润过海水的咸味,是否濡湿过汗水的苦味?是"及时",孰能料想此岸与彼岸之间,特别是战争年代,那悠长的等待、期盼呢?

时代变了、技术变了,甚至这个世界也变了,但有一点不能变,也不会变,那就是人心,是人情。

若不是"情",原本被封存的侨批也不过是一介薄薄的小纸片,早该烟消云散了。可这纸片,所承载的,所蕴藏的,却满满都是"情",有父母子女情、兄弟姐妹情,邻里妯娌情,乡情、国情、民族情。真可谓字字是情,眼眼是情,心心是情。

历史,固然造成了时间的距离,但也缩短了空间的距离。侨批原本是侨乡的产物和标志,如今很多非侨乡地区的人们也在看,也在想,在感动着。据我了解,这本书的一些作者,并非侨乡的子孙,但他们也热衷于此,也愿意分享他们所感动的情。

这些80后、90后的青年,可能对侨批记载的风俗,甚至一些俚语、字句,不甚了解,但"情"的力量足以产生穿透历史的强劲动力,让这些脆弱的、发霉的故纸,再次充满了青春的活力,不仅照旧跨越了故乡与异乡的大洋，而且冲破了地理的束缚，成为中国的宝贵遗产，甚至挣脱了文化的桎梏，成为"世界记忆"。

记忆的存在是为了对抗遗忘。

侨批，真的落伍，被时代抛弃了吗？

这取决于是否"此情可待成追忆"！

侨批，不是他物，是情的记忆，是游子客居他乡的故土记忆，民族遭难时的家国记忆。

侨批，对他们，如诗人的月与酒。虽然他们不仅不是诗人，且很多时候还需要代笔，但历史给予了他们成为诗人的天赋。

他们和诗人一道传递着情的记忆。

蓉子女士主编的这本小书，显然没有历史叙述的"雄心"，也没有学术探讨的"壮志"，却同样有着历史记忆的"野心"。

虽说"天若有情天亦老"，但人有了情才能"春未老"。侨批有情，侨批当然也不老！

说不准这本书,真的可以抛砖引玉,让侨批的"世界记忆",动感起来、舞动起来、青春起来。

"此情可待成追忆"吗?

当你拿起这本书的时候,侨批与你一道正"诗酒趁年华"。

王列耀,暨南大学中文系教授、博士生导师,中国世界华文文学学会会长。

1987年起任教于暨南大学。研究方向为台港暨海外华文文学。在《文学评论》等期刊发表学术论文70余篇。专著与合著有《基督教文化与中国现代戏剧的悲剧意识》《隔海之望——东南亚华文文学中的"望"与"乡"》《宗教情结与华文文学》《困者之舞——近四十年来的印度尼西亚华文文学》《趋异与共生——东南亚华文文学新镜像》《20世纪90年代马来西亚华文报纸副刊与"新生代文学"》等。

序二

林伦伦

侨批,对于生长在著名侨乡澄海的我来说,从小就耳熟能详了。几乎每隔十天半个月就能看到背着市篮的侨批叔(水脚)到村里来给番畔有亲戚的家庭送番批。侨批叔给贫穷的农村家庭带来的是番畔亲人的消息,带来的是借以度日谋生的保命钱。垂髫之年的我,不懂得番批的经济价值和社会价值,就知道,侨批叔就如一阵染绿江南的春风,给街头巷尾带来了笑声,给侨眷家庭带来了欢乐。

真正懂得侨批的宝贵价值,那要等到20世纪的最后几年。那时候,汕头经济特区因为一场税务的风波,潮汕人本来引以为豪的优秀特质——诚信,受到世人的拷问。这场风波,让具有社会威望的一帮潮汕老前辈感到非常痛心,不禁发出了沉痛的思考:怎么会弄成这样呢?!

可爱复可敬的老前辈们坐不住了!为了让世人了解潮汕人世世代代借以处世谋生、安身立命的诚信传统,也为了教育潮汕的"后生人"能够继承和弘扬诚信的光荣传统,庄世平、吴南生先生发起,由潮汕历史文化中心发出征集公告,筹建侨批文物馆,并组织专家学者进行侨批研究。广东省政协原主席吴南生先生强调:"潮汕文化是中华文化正统中一支富有特色的细流;侨批文化又是潮汕侨乡的特色文化资源。市场经济是信用经济,侨批的历史雄辩地说明了潮汕人恪守信用的优良传统。可以说,没有信用就没有侨批。"(《潮汕侨批萃编·序》)

由此我得以深刻地认识到：一部侨批的历史，就是一部潮人在世界范围内建立起来的诚信史！

从此之后，我在本职工作之余，也帮着做一些与侨批有关的宣传、筹集和研究工作。2007年，应马来西亚潮籍青年委员会的邀请，结合他们举办的侨批展览，到马来西亚去宣讲侨批，帮助他们发动华侨华人捐献侨批。我从北马的槟榔屿，讲到首都吉隆坡，后来去南方的柔佛新山又讲。备课的时候，我批阅了上千封的侨批，理出了一个讲课提纲，这里不妨献丑与大家分享：

1. 侨批是联系海内外亲人的纽带；
2. 侨批是侨乡经济的输血管；
3. 侨批局是进出口贸易公司；
4. 侨批局是银行和邮政局的统一体；
5. 侨批是潮人重亲情、讲诚信的产物。

也正是因为侨批重要的文物和文化价值，2010年3月，经中国国家档案局研究通过，包括潮汕侨批在内的"侨批档案"入选《中国档案文献遗产名录》。2012年5月,"侨批档案"成功入选《世界记忆亚太地区名录》。2013年,"侨批档案"成功入选《世界记忆遗产档案》,完成了侨批申遗的"三级跳"。

当然,这只是从大处着眼的宏观叙事。而今天,新加坡著名作家蓉子女士策划组织、身先士卒率领一帮著名的华文文学作家、华文文学研究专家、教授学者撰写的,却是一种碎片化、文学化的微观叙事。他们以作家和文化学者的眼光,发掘和描写了一个个动人的侨批故事:喜怒哀乐,跃然纸上,妙笔生花,催人泪下。阅读着这一篇篇美文,再读读文章中提到的一封封历经近百年乃至百年以上而仍然带着温度的侨批,任你是石头狮子,也不由得热泪盈眶,唏嘘不已。

侨批是连接唐山(侨乡)和番畔(外国)的精

神纽带,侨批是家长里短、互道珍重的家信,侨批是纸轻意重、互诉衷肠的情书!

就让我们坐在阳台上,一任清风徐徐地亲吻着脸庞,啜一口清香的潮州工夫茶,静静地进入这本《侨批里的中华情》里所讲述的一个个动人的故事吧。

戊戌谷雨凌晨于
广州南村野猪林

林伦伦,韩山师范学院院长,中国语言文学学科二级教授,中国语言资源保护工程核心专家组成员,广东省首席专家,在花城出版社出版的《全本潮汕方言歌谣评注》获得全国文联民俗文学作品最高奖——山花奖,广东省委宣传部精品奖,出版其他学术著作30多种。

序三

林庆熙

新加坡潮籍作家蓉子女士主编的散文集《侨批里的中华情》,收集了海内外华文作家"品味"潮汕侨批后发自肺腑的华章。一片冰心倾泻笔端,他们以散文的形式表述了对侨批的心理体验,折射出作家丰富的生活阅历和深厚的思想感情。

潮汕侨批是全面反映侨乡历史的民间文化遗产,是研究潮汕近代历史文化的档案文献。侨批记载翔实,系统性强,覆盖面广,已入选《世界记忆名录》,成为人类共同的记忆遗产。

一封封饱含深情的家书,诉说着四处漂泊的海外游子无尽的思念,记载了他们永难释怀的乡愁。一封侨批就是一个故事,侨批是华侨华人记忆中不可磨灭的历史符号,它成为维系海外侨胞与国内亲人情感的特殊纽带。如今,虽然水客的身影与批局的繁荣已然远去,但尘封在侨批里的往事源远流长,侨批演绎的亲情、家情、乡情、国情仍历历在目。

《侨批里的中华情》,对于叱咤文坛的华文文学家的文学道路,无疑是一个重要的节点,因为他们解读的是世界记忆遗产——中国侨批;而对于侨批研究系统工程,更是一项全新的尝试,甚至可以说是一项突破。全书避开学术论文生硬枯燥的说教,以文脉勾连的主题故事和相关的点评,多层面、广角度、深入浅出地阐述了华侨批信中揭示的人生真谛,用生动的文学语言诠释沉淀在档案中的记忆。凝重的历史与飘逸的散文交织,深沉的乡情与洒脱的文气并重,开创了侨批研究领域的新局面。

翻开书页，记录的都是操管者深邃的思绪。叙事、抒情、议论，他们毫无拘束地诠释中国侨批，不露痕迹地颂扬优秀传统文化。世界华文文学学会的优秀作家们以独特的方式留住历史，锁定记忆。

面对疏离历史耽于感官之娱的倾向，《侨批里的中华情》将受众定位于青少年，期望以侨批为媒介，填平青年一代与祖辈记忆的沟壑，以国族认同激发历史使命感，让侨批文化所阐释的中国传统美德和奋斗精神，作为一种世界记忆传承下去。

《侨批里的中华情》开卷可读。编著者围绕多项主题，展示了早期海外华侨华人在侨居国的历史原貌，再现被掩盖于茫茫史海中的"中国故事"，让不同阶层、不同年齿、不同阅历的读者都会有一种"沉浸式"的理解与体会。通过鲜活、生动、形象的文字效果，散文集赋予历史文化富有生机的趣味性，让年轻人跨越时空的障碍，回到历史现场，触碰真实细腻的历史细节，感受先辈的家国情怀，精神共通，情感共鸣，灵魂共振。

在全球化语境和东西方跨文化交流的大趋势下，华文文学与华侨文化研究日益凸显其重要性。早在3年前，蓉子便开始策划开展侨批文化的进一步研究。蓉子提出："侨批是有历史价值的文化珍品，这些移民及其家庭的往返书信蕴含了华族移民的家国情怀与责任，年代虽过，其情其德永铭后人心中。"蓉子认为："这是一个极具研究价值的课题，数年来我一直在策划着怎么来做这件事，如何让侨批中所表达的生活与感情来感动新时代的人，希望能选出一些具有代表性的侨批，加上注解及背景介绍，邀请十几位国内外作家学者点评，出版成书，开个研讨会，同时请作家们在潮汕考察几天，作为对外的文化宣传。"

蓉子可以说是"老华侨"了：出生于中国潮州，8岁出国，从马来西亚到新加坡，历经三国五朝。她与侨批有不解之缘："我被远渡南洋，8岁之龄难以自主，漂泊27年，踏上回归之路，赶上改革开放，见证中华民族新的一页。"蓉子的感情是丰富的，她既有"无论天涯何处，南洋风物自难忘"的榴梿情结，更有"行行无别语，只道早还乡"的牵肠挂肚；既有"替人行孝"的晨昏定省，也不忘"异乡新客"的生离死别；当她发出"此去又天涯，再见知何时"的唏嘘，又何尝不感慨先侨漂洋过海、血泪拼搏的历史，并为他们的劳苦、辛酸和不屈而潸然泪下。

多年来，蓉子总会不厌其烦地向年轻辈讲述潮侨在异国胼手胝足、栉风沐雨的艰辛，细说先侨不忘根本、顾家行孝的心路历程。这一次，她又牵头以侨批为主题的文学创作活动，从移民的家国情，配合"一带一路"的时代强音，再现华侨的历史与期许。这一具有首创意义的构思，立即得到中国世界华文文学学会会长王列耀教授的大力支持。王会长认为："我相信，潮汕侨批不仅是一个区域性的文化遗产，也将成为一个国际性、开放性的文化资源。"为了这部散文集的编辑出版，蓉子数度"浸泡"在侨批文物馆。蓉子将《侨批里的中华情》一书的出版，作为献给改革开放40周年的贺礼，其"情怀依旧"，仿若她几年前编辑出版《品味》的初心："这本书的出版，是我曾经的承诺。我在这些品味活动中，似宾似主，其实是一根线，这线的一头是文学，另一头是中华儿女赤诚之心。"

一身文化范儿和正能量的《侨批里的中华情》开讲了。蓉子、赖秀俞、胡海洋、陈润庭、池雷鸣、潘正镭、陈再藩、杨中艺、李莼民、刘登翰、朵拉、白舒荣、小黑、陆士清、杨玲、司马攻、何乃强、蔡深江等，用纯熟的写作技巧和洗练的文笔，肩负起研究和保护优秀传统文化的使命，切实推动人类共同记忆遗产的挖掘、整理、开发、保护与创新。

蓉子女士"左手执笔写天下,右手悬壶济苍生",以其素孚名望,邀集名家赐序,本非难事,然舍高就低,请序于不才,虽屡辞未准,只能不揣谫陋,撰此为序。

2018年4月24日

林庆熙,汕头市潮汕历史文化研究中心副秘书长,侨批研究会会长,侨批文物馆馆长。

迢递家乡去路遥，断肠暮暮复朝朝。
风光梓里成虚梦，惆怅何时始得消。

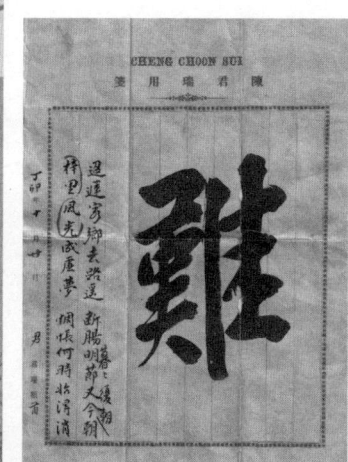

第一辑

侨批故事

异乡新客

[新加坡] 蓉子

大船在海上漂了将近二十天,晕得不知生死!几乎是奄奄一息,我们一伙同乡兄弟终于到了石叻。

老乡们热情,请吃了顿粥,客气地送了个红包,说喝凉茶的,叫我每天早上五点钟起床,打井水冲凉。他们都说南洋地湿天热,没有四季,人容易生病。

这番地,果然好热,每天大汗淋漓,又几乎天天下雨,湿度也很大。我大碗大碗地喝凉茶,也天天冲凉,还是病倒,病得稀里糊涂,一个多月,热度像浪潮,忽上忽下地发烧。老乡们说这是水土不服,怨我离乡时,忘了带母亲给我的一包泥土。

乡土乡土,离开家乡后才发现乡土亲。

病在异乡,自觉凄凉!晚上只能睡店口。没钱,又得去办理各种手续,只能将随身几件衣服当了,剩两套背心短裤,一洗一看。早晚就一碗米饭,咸菜黑榄,也没比家乡强。这就是过番?

日子在炎热中,分外烦躁。夜里睡下,想的是家里的老房子,来时容易回去难啊!

老乡见我愁苦,常加安慰:你是新客,不能没志气!比你早来的,还苦千倍呢!那时候,政局动荡不安,日本飞机常来轰炸,简直不成世界!大家躲来躲去,有时在椰林里,几天都不敢出来。阿杰伯做生意,赚了点钱,一天夜里来了几个番贼,把钱抢去还打伤了他。前些日子,椰干行情下降,头家无生意,估俚(马来语,指打工仔)无工做,人人家批无能寄。有人绝望就走绝路,客死异乡!

我抱着希望来过番,也决心要苦拼,听了这些,心情极沉重!看来熬的日子才开始,何时能赚钱寄批安慰年老的父母?

老天保佑!我病终于好了,也不再睡五脚基了,十几个人挤在二楼货仓地板上,铺着草席睡。想着爹娘、兄弟、亲人,还有我妻阿娇……阿娇,她嫁来的那夜晚,是我用脚车去载的,一身红衣服,低头不语。她,还哭吗……

同乡阿叔介绍我去扛包头,一天工资一块钱。天气好就工作,下雨天停工,停工没工钱,我最怕下雨。头个月,做了十多天,开始几天说是学工,没工钱。月底结算,有十二圆,还了欠的药费食物,剩四元半。我揣着急奔去汇银,央写批阿伯写几句话,给家里寄钱报平安。

只能寄四圆,两元给母亲家用,一圆给父亲抽烟买粿吃,五毛给两个叔伯分,五毛给阿娇。我叮嘱写批伯:跟我母亲说,以后有钱,再给她买双鞋子两块花布。

阿伯安慰我:有人没钱,寄一圆给三家人分呢!

寄了家批,心里轻松多了!我一路吹口哨,摸着肩膀,好痛!十几日扛包头,比田里握锄头还难!锄头只要使劲,泥土就松,有力就行。这扛包头,肩上压得沉,脚下更不敢大意。两条厚板架在船舷与岸上石阶,拼成桥,走在板桥上,一步一摇晃,一晃一惊心,唯恐不留神,包头落水,工钱落空!

做了几天,老辈教功夫:桥板摇,你也顺势摇,就减轻了肩上压力!

从此脚步沉稳多了,真是行行出状元。

今天又下雨,没货扛,正想家乡,头家来。我这是第一次看到穿鞋着袜的人,听说石叻这地方只有三个人穿鞋,另外还有一个偶尔穿。我低头溜了一眼,我们赤脚的站成一排。头家喝着工夫茶,一边训话:从唐山来过番,就是来赚钱!没钱回家,怎么见人?要赚钱,就得刻苦!

他走后,剩的茶叶,大伙儿抢着续水喝。这茶带着家乡味,一阵甘来一阵苦,涩涩的,也不知是雨水还是泪水!

两地书

赖秀俞

母亲从楼上下来了。

水客阿坤兄从竹篮里取出一封批信,准备念给她们两人听。

信里说,父亲的坟地是时候筹备修葺工作;天气转凉,母亲要多加保养;二弟要好好做人,切勿再吸鸦片;三弟要好好读书,不能不学无术;问候赵兴伯身体。

这封信,她等了大半年。

透过油灯微弱的光,她看到的信油渍斑斑,

仿佛在远渡重洋的泪和汗里泡了好长一段时间。庚子年间,荔仔花还没落下来,负责送批的朱贵兄肺炎死了,换成阿坤兄挎着竹篮来送批。阿坤兄长得丑,穷,又常年跑船,娶不到老婆。他的老母亲当了嫁妆换了钱,在邻村给他买了一个媳妇。他衣服上的补丁,都是媳妇给打的。邻里都说阿坤兄善有善报,总算不用穿破洞衣服。

每次看到阿坤兄路过,她总是望眼欲穿地盯着他的竹篮。她渴望竹篮里躺着的批信会有一些字与她真切相关,然而每次都是寥寥几句,叮嘱她照顾母亲。

她嫁过来时,丈夫人已经在南洋。第一年,丈夫寄了三封批回来。在第一封信里,他寄来洋银三元,让母亲买点肉食。还有一元交给妻子保管。第二封信提到,希望妻子在家中要孝顺母亲。第三封信,教育兆珍弟在家里要多学学手艺。这些只言片语,她几乎都能背出来。

第二年，他回家省亲，这是她自十三岁嫁进这个家第一次见到他。第三年秋天，她生下一个儿子，母亲取名为开洋。那是个土匪肆虐的年头，腊月那天，土匪闯进家门，把积蓄了几年的家当一抢而空。丈夫隔了半年才寄过来一封信，说了两件事：在南洋正在筹划开一家新的店；妾侍黄氏入门，相亲相爱。他有一句话是写给她的：不可大胆，谨守闺门，照顾好母亲。以前听到歌册里唱"日在朝廷事天子，夜来回家见娇娘"，她心里总揣着期盼。听到"黄氏"这两个字时，她忽然想起白骏马故事的这两句词，心像被刀子狠狠划过。

也是这一年，丈夫寄回来的钱比以前多了一点，但生活并没有好起来。哭穷的亲戚踏破了门槛。他们总以为南洋是金窟，每次来家里不是往米缸里望就是往糖罐里钻。

家里能主事的只有母亲。二弟抽鸦片成瘾已

久，终日昏沉。母亲时常劝他学做生意，好生做人，他每次都沉默着走到码头边游荡。三弟稚气未脱，经常向她讨糖吃，看到书就发昏。有一次，二弟喝得烂醉回家，在门前大闹一场。隔天翻箱倒柜，拿走了她压在衣箱底层、包在内衫里的玉镯子，那是第一次见面时丈夫给她的唯一一件东西。

后来她才知道，那夜他输了个精光，把老父亲留下的金戒指都送去了典当行。

后来，三弟经常逃学堂，跟着他，不是在赌场就是去妓院。丈夫曾寄给她一块钱让她买点花布做一身新衣服，她没有用。三弟有一次被母亲打得膝盖和屁股没有一块好肉，哭着闹了大半夜，她拿一块钱去买了药。

母亲有时候也哭，但没有让她看见。她去送丈夫寄回来的鹿茸粉时，在虚掩的门前听到抽泣声，夹杂着浑浊的痰和口水吞咽的声音。

辛亥年间，二弟媳突发高热，乡间郎中治了几个月仍不见好。二弟几乎住在鸦片馆，母亲在下楼的时候摔伤了腰，卧床不起已有数月。她央人写信，求阿坤兄送批求药，谁知路上颠簸被水打湿了信纸，药名被污。一来一回间，芳魂已逝。收拾二弟媳衣物的时候，看到一双很小的金耳环，被小心地包在绸布里，她从没看见二弟媳戴过。玉镯子被偷的那一次她没有哭，这一次她却哭了很久。忘了是哪个歌册，里面有一段是这样的："偶经蓝驿见云英，从此桃花感崔护。"这段词还没写完，她想加上一句："人面桃花又如何，终究烟消云散去。"

又一年过去了。在没音信的这大半年里，母亲腰伤发作，人也不太清楚了，几乎不能下楼，最近才好了点；二弟的姘头带着乡人来家里闹事，把父亲仅剩的古董花瓶砸碎，要求给个名分，二弟躲在烟馆和妓院不管不问；三弟赌输了钱，被赌场的人打了好几次，典的典，当的当，还了半年好不容易还上了赌债和利息。

她不敢有怨，但禁不住心里有恨。家里老的老，小的小，大半年了，那边不仅没有一句话，而且没有半个钱寄回来。再这样下去，估计得把地契当了，才能还上二弟和三弟在烟馆、妓院和赌场欠的债。

即便他在南洋已有新人，心里早就没有她这个人了，也不关心这个家，至少也不能让母亲受苦。

唉，她叹了一口气。阿坤兄还在念信："前两个月好不容易开的金店被偷走了四百多两，因而迟迟不能给家里寄钱……"

最后，信里他问候了母亲、祖父、伯父、富祥兄，甚至是其余兄弟。他问候了家里的所有人，她呢？信里的最后一句话才提到，他让她在家里要勤劳些，记得守规矩，还要孝顺母亲。

阿坤兄笑呵呵地把批和钱交给了母亲，拎起竹篮转身跨出了门。

怪不得，莉仔花都落了才收到这封批。艰难时世，天地苍茫，惦记是一个稀罕的东西，她不敢有妄想。

扶母亲上楼后，母亲把钱和批给她，让她从此负责保存这些银信。她吹灭了油灯，忽然很想听一曲《名庵过桥歌》。以前祠堂里有个六十多岁模样的老姿娘很爱唱这一首，但很久没有见过她了。去祠堂拜神时听村口卖花布的阿贵婶说，小寒那天，老姿娘突然中了风，一病不起。家里无人，又过了一段时日，她去了。还是送猪肉的郑丰伯敲门，才被发现已经死了三天。听说她家老爷很早就去了南洋，早年里把女儿卖了，不料儿子早夭，自此半生孤苦。南洋那个老爷发了达，娶了妾，自从儿子死后便没有再回来。偶尔让阿坤兄带点钱给郑丰伯，让他送点猪肉过来补贴生活。

"目连尊者度万灵,乘此良辰便起程。……昔日唐僧去取经,千山万水步难行。"第二天下午她在祠堂边的榕树底下补衣服,又听到了《名庵过桥歌》。但已经换了一个唱歌的人。那个嘶哑的声音没有人提起了,她不禁流下了两滴泪。

南洋游子吟

池雷鸣

1947年9月3日,如在目前。

午时刚过,水客就敲开了柴门。二十岁的阿仁,刚一下跪,就听到背过身的母亲牙关紧咬。阿仁磕了三声响头,拿起简单的行李,夺门而去。

开门的一刹那,阿仁还是听到了母亲抑制不住肝肠寸断的哭声,如雷。

登船的时候,他就发誓,一定要尽早和寡母在南洋团聚。

阿仁做的是走马路的生意。别看劳苦，没日没夜，若不是母舅扶持，能否在南洋立足，阿仁心里没数。越是没数，阿仁就越发珍惜这个小生意。南洋日头毒辣，可阿仁不在乎。从小听母亲讲"不积跬步无以至千里"的道理，阿仁真的用脚步和汗水一点一滴去践行。不及一年，昔日白皙的阿仁，面孔已黝黑难辨。

舅母有心给阿仁做媒，可说了几个都被阿仁的黑吓退。偶尔，舅母边埋怨边心疼落泪，阿仁却是无所谓。

阿仁知道，自己多走一步，母亲就近一步。母亲一日独居故土，他一日不敢立家室于南洋。

终于攒够了盘缠，开心的阿仁赶紧托人办理母亲南来的入境手续。孰料，一声惊雷，移民厅竟不允许母亲入境。慌了神的阿仁，四处打探，竟得不到任何理由，除了惊慌失措，就只能在愧疚中期望。

除了焦急翘首,阿仁只能把愧疚化成侨批、化成乡情,一封封飘过万水千山。母亲回批提到所寄皮鞋不是很合脚。这原本是极小的事,是母亲随口的言语,可阿仁不这么看,怪罪自己太过疏忽。母亲本就有脚疾,以母亲的秉性,肯定还是要穿。如若自己在侧,又怎会如此呢?

距离,令阿仁唏嘘,是他的命途。再深的情,经过万水千山的阻隔,也不及亲奉母亲一盏茶。

时光催人老。

一别关山十载。那年离家,父亲乱世被害,未久母亲下定决心,让独子下南洋,与其在乱世颠簸、生死未卜,不若远走他乡,吃苦耐劳,养育一方。二十岁的阿仁,当然怕,但更理解母亲的良苦用心,才决然离家,为的是他乡母子团聚。

可终究人算不如天算。其时,国际局势风云突变,一旦战事爆发,邮途随时会被中断,那可就音信两隔,天涯一方了。十年别离的阿仁,孤注一掷，即便明知罪大难辞，还是决心让母亲以假结婚的名义南渡。

尽管自己有心写了一纸长批，为母亲讲出了各种理由，证实权宜之计的必要性和母子团聚的急切之心，可一想到母亲的明达事理，阿仁还是惴惴不安。两月忐忑，不见母亲飞书，阿仁知晓了这次破釜沉舟也难改母亲的决定。纵然，母亲何尝不思念独子，何尝不渴求团圆。

第三个月，母亲的回批终于来了。阿仁不敢看，却又不得不看。母亲没有提及南来的事，而是一味劝他成家。阿仁陡然间热泪盈目，母亲的决断让距离真的成为不可更改的命途。"谁言寸草心，报得三春晖。"阿仁知道自己的"寸心"是不可能按照自己的意愿去报母恩了。

阿仁将与距离的抗争，暂时掩藏起来，开始安心在当地过日子。侨批里不再是政策与对策，而是温馨的小日子，是妻子的贤惠，大孙子的淘气,小孙子的可爱。

一天天,又十年。

这日接到母亲的回批,掩藏十年距离的兽又开始露出獠牙。母亲盼望着自己能够带着妻儿回乡,让她喝一口媳妇的茶,亲一口孙子的脸。

自成家十余年,母亲从未提过任何要求,只是在大洋那头静静地看。已经老辣的一家之主,又慌了神。

离开母亲膝下二十余年,头十年想着母亲如何来,后十年一直想着如何回,可终究是想来的来不了,想回的也回不去。

阿仁恨自己,恨自己不能做大生意,赚多一点钱。恨归恨,他心里清楚,自己的小贩生意,比上不足比下却有余,一家四口的温饱,两个儿子的学业,还有家乡老母亲的口粮,都在这生意里。这么多年,自己一步一步苦心经营,不辞辛苦,为的是"跬步"里的家。自己多走一步,这家就多温馨一点。如若此刻还乡,且不说那少得可怜的积蓄顿无,恐生意也将一去不返了。没有这点生意,一家人又怎能维持?

一筹莫展。

十年前,母亲拒绝了自己的请求;十年后阿仁拒绝了母亲的请求。时间的距离拉开了,可地理的距离却在原点。

妻子替自己擦着眼泪,阿仁耳畔又响起那年母亲的哭声,如雷。

身上并无余积,空囊素手,又穷又病。

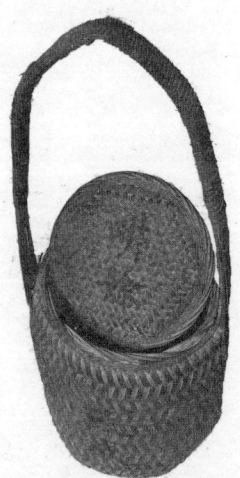

此心安处是吾乡

池雷鸣

又到寄批的日子。

阿仁拿起桌上老婆备好的十元洋钱,抱起五岁的儿子就去了街头吴先生家。

吴先生三年前来南洋办私塾,顺道帮一些大字不识的乡人写侨批。

阿仁很尊敬吴先生,不只是为了写侨批的事情,也不是为了儿子识字的事。阿仁心里知晓,却说不得。

阿仁敲门前,放下儿子,交代说,见了先生要鞠躬。

果然,一开门,儿子就朗声道,先生好。"好"字未了,就是一个九十度大鞠躬。

看到吴先生笑容满面,阿仁也嘿嘿地笑,只是隐约觉得,今日先生的笑,似乎有些不同。

吴先生请阿仁坐下,顺手拿了一块糖给小儿子,便为阿仁倒了一杯单枞茶。看着阿仁喝下,吴先生盯着他的小儿子,柔声道,宝儿五岁了吧,下月来伯伯这识字可好呀?宝儿一边开心地享受着糖的甜,一边好奇地看看先生的眼镜,又看看爹笑开花的脸,似懂非懂地点点头。阿仁顺手拿起眼前的茶,双手奉给了吴先生,含着笑意骂儿子:兔崽子要是不好好学,惹先生生气,小心打死你。

吴先生哈哈笑了一声,喝下茶,对阿仁说,就这么说定了,下月初一来上学。你先喝着茶,我写完这张告示,再来写你家批吧。

阿仁喏了一声，用手抹去了儿子嘴角的口水。

阿仁一边喝茶，一边看先生写字，顿时有些好奇，想问又怕打扰，就按捺住了，索性喝茶，还给儿子倒了一杯，以手当扇，怕烫了儿子。

吴先生写好，就放置在一把椅子上晾晒，问道，阿仁，这次汇唐山多少呀，有无特别的事要多写一笔。

阿仁看先生写了一大张红纸，就赶紧帮忙，回道，还是老样子，走马路的生意不好做，养活老婆孩子，也只能剩这么点了。

眼看着阿仁愧疚又痛苦，吴先生赶紧劝慰道，南洋不易，能养活一家子还能寄批回唐山，阿仁你很了不起啦。你看阿宝多聪慧，让他好好读书，必成栋梁。

一说起儿子，阿仁果然眉头舒展开了。他的目光越过桌前的吴先生，深深地望了一眼在桌角玩耍的儿子，恭恭敬敬对吴先生说，以后还得您严加管教呀。

吴先生又是哈哈一笑,喝了一杯茶,拿出批封,提笔重蘸了墨水,看着阿仁,示意他开始口述。

吴先生,没啥好说的,和以前一样吧,问问俺母亲身体怎么样,听说隔壁黄嫂眼睛生病了,也问问咋样。这一次俺准备了十个洋钱,老样子给母亲八个;一个孝敬黄嫂吧,她没少操心俺母亲;一个给村东头阿力家吧。阿力可怜呀,俺们一道来南洋,前两月不小心出了祸事,没能挺过来。阿力家孤儿寡母,不易呀。也让俺母亲多操心下他家的事。先就这些吧,现在过活不易。说完,阿仁又奉了一次茶。

看着先生写,阿仁问道,先生,这红纸上写的什么?

吴先生看了阿仁一眼,神情明显凝重起来,落款之后,放下笔才说起来。也是唐山的事!三年前我来到南洋前,就听说了北堤龙骨出现了问题，遇到春水，有些泄漏，虽不是大碍，但终究是隐患。这不昨天听到消息说，北堤的龙骨失修得厉害了，恐怕挨不过明春了。一旦发水，后果不堪设想呀！

听到这里，阿仁也吓得脸色青起来，一边的阿宝也不敢乱动了。先生，那该如何是好呀？

所以，我写下这告示，等下你还得帮我贴上，希望广大乡亲积善款，速速修葺北堤，若是真的崩堤了，我等的心在哪里安放呀！

是呀！是呀！先生，快张贴吧！俺那里还有五个洋钱，本想着给阿宝上学用的，先拿去修堤吧。阿宝！咱们明年再上学，乖！

阿宝，看看先生，嘟起嘴巴，眼泪盈眶，欲坠未坠，还是乖巧地点了点头。

只见吴先生哈哈一笑，抱起阿宝："阿宝不哭呀，阿宝的书包和书本伯伯早就准备好啦，下月初一一定来上学。"

回首已是百年身

胡海洋

"爷爷,您慢些走。"

"没事没事。俊诚啊,你看看家乡,变化真是大呀。真好!"

这是阔别故土多年的爷爷回乡之后一直挂在嘴边的话。十几岁时,爷爷便跟着同乡去了当时还被称为"叻"的新加坡;四十六年前,爷爷回乡娶了奶奶;此后,战火、政策以及身体渐差,都让爷爷只能徒有思乡情而归不得。所以我理解爷爷从飞机上走下来时流下的热泪,理解他现在走在街路上像稚童一样贪婪地望着家乡的一切。

"爷爷,过了这个街角就是老宅了。"我搀着爷爷,一边走,一边为他介绍。

转过街角的时候,便见到前方静静伫立了半个多世纪的老宅。我可以感受到爷爷的步伐明显变慢了,近乡情怯。老宅的树木依旧郁郁葱葱、生机盎然,又历经岁月洗礼。爷爷忽然激动地开口道:"回家真好!"

跨进宅子,爷爷慢慢巡视每一个角落。他走过了所有的房间,每一处他都有着说不完的故事。听着爷爷的讲述,我眼前浮现的是太爷爷严肃的面庞,太奶奶和蔼的笑,是奶奶温婉的身姿,那是半个世纪前的记忆了,那是爷爷少年时温暖的家。

走到了库房门口,我说道:"爷爷,奶奶叮嘱我一定要带你去库房看看。"我带着好奇打开门,发现桌子上有一摞叠得整整齐齐的信。这摞信按照纸的大小分好，每一张纸都铺得非常平整。我还有些疑惑，但爷爷走近一看就笑了："没想到这么多年了，这些批信你奶奶竟然还都留着。"

"原来是批信啊，我也是第一次看到批信……"

"是啊，当年刚去南洋的时候，请人写封批信还很贵呢。不过我们出门在外，大事小情恨不得都让家里知道，再苦再穷也要省下钱来寄批回家。"爷爷一边笑着一边拆开了包装，拿起了第一封批信。

"哈哈，你看。当年你太爷爷、太奶奶要包办婚姻，那时新思想风行，我非要搞自由恋爱，觉得结婚对象必须是要有感情基础的，坚决反对盲婚哑嫁。可回来看到你奶奶，却又一见钟情了。"爷爷一边看一边和我说，眼睛里充盈着笑意。

放下第一封,拿起第二封。刚看了前两句话,爷爷一下子就感叹起来:"是这封信呀,我记得,我记得。当年你叔公不听话,不顾家不说,对父母也不孝。不爱惜自己的家庭,这怎么可以!我当年写了好几封批信教育他。你看这里我就写了'家中各事项着尊大惜小,家中第一切要者和睦和气也'。所幸你叔公还听劝……"爷爷有些激动,眼里不仅有笑意,似乎更多的是温情。

"这封是我当年写给你奶奶的,告诉她一定要孝顺父母。孝顺才有家的和睦,这是中华民族的传统美德,一定要好好传承下去。不过看来我是白担心喽……"

爷爷就这样一封一封看着,嘴里有时轻快地说着,有时却也小声地嘟囔着,陷入了自己的回忆里。"现在看来,这些鸡毛蒜皮的小事,当年我们却看得比天还大,这就是牵挂,就是愁绪啊!

如今物是人非事事休啊!"爷爷幽幽感叹道。

我在旁边默默地听着,感受着那些往事里的悲欢离合,感受着爷爷经历了半个世纪的人生之后的举重若轻,当年欲说还休的许多事,如今终于可以在故乡、在亲人面前轻描淡写地提起了。

我轻轻走出房间,不去打扰陷在回忆中的老人家。过了许久,爷爷走出来说:"俊诚啊,我听说汕头有一个侨批博物馆,你帮我把这些批信都捐了吧。我们这代人的故事,应该让更多人了解,也值得作为纪念,这是我能为家乡做的最后一点贡献了……"

尊前慈母在,浪子不觉寒

胡海洋

　　脚下的木板有些晃,一定要小心地走,才不会掉下去。明明已经过了晌午,可太阳愈加毒辣,垫在肩上的粗毛巾,蹭刮在肩头火辣辣地疼。旭秋走了下来,拿毛巾擦了擦脸。忽然,远处传来了悠长的船笛声,整个码头在一刹那躁动了起来。旭秋想了想,自上次寄批信也有几个月了,回批也该到了。想着想着,步伐就变得轻快了。

　　傍晚时,水客孟大哥来了。旭秋跟着人群围了过去,旭秋看着孟大哥摘下包,看着他从包里掏出回批,紧紧盯着他一个接一个念名字。旭秋听得很认真,他急着想知道娘的身体怎么样,一切是否还好……

终于拿到回批,用手捏了捏,迫不及待地拆开,奈何不识字。熬到了晚上放工,旭秋带着回批,去了岸边洪先生的茶摊。洪先生识字,旭秋他们要写批信都找他。回了信洪先生也会帮着他们这些不识字的读信。这些来自各地的回批,其实都很类似:报报平安,说说世道,唠唠家常……听到有意思的地方,旭秋也会跟着大家乐一乐。

终于轮到旭秋了。旭秋把回批平整了一下,小心翼翼双手奉上给了洪先生。他满怀期待,可洪先生接下来的话让他呆住了。批里说,娘病了。镇上的大夫看不好,送到汕头才知道这病要西药来治。那西医馆的先生说,要用莫西林才能治好,但西药又太贵,娘现在只能挨着……

旭秋六神无主，愁肠百结地回到库房里小小的木板床上，周围是其他人打鼾的声音，月亮很亮，照在地上像是白金色。娘当年嫁来时嫁妆里就有这样的一枚戒指，不过后来还是当掉了；他和娘说想下南洋，娘嘴上说着应承但眼中那么多的不舍和担心……旭秋想着想着，不知何时天竟亮了。

第二天等到空闲，旭秋马上就跑到了陆上。卖西药的周老板的药店在街角，之前旭秋一次都没走进去过。他走进店里，带着点局促和不安，店里的人抬头望了望，开口道：

"小伙子，有事情啊？"

"我想找一个叫莫西林的药……"

"'莫西林'？我只听说过'盘尼西林'，说的可是同一种药？"

旭秋摇了摇头，他也不知道，是批信里这样写的。周老板拿过侨批一看，也有些困惑。"你这回批上也没有写你母亲患的是何病,我这里也的确没有'莫西林'这种药,要不然你去问仔细了?这西医与中医可大不同,万万不能乱服西药!"

"可……"旭秋有些着急。他不懂西药有什么神奇的作用,但他懂不能将这不认识的药随意让娘吃下。但这批信再去再回又有些时日,娘的身体能等得了吗?

周老板写好"盘尼西林"几个字,交给旭秋让他赶快去写回批。旭秋拿着这张薄薄的纸,用最快的速度冲向洪先生的茶摊。一路上纸被风吹出声响,旭秋感觉就是娘在唤他的声音。双脚飞快地交替,思绪却越飞越远,恐惧向他袭来,他不敢想象娘如果就这么去了……他该怎么办。

洪先生看到旭秋跑来,忙站起身。听着旭秋语无伦次的讲述,马上写了一封批信,草草包进批信封里。远处开工的号子响了,但旭秋置若罔闻,他又冲向码头,得赶在孟大哥上船之前把批信给他啊。

看着孟大哥的船驶离港口,旭秋才慢慢踱回码头。他不知道工头会因为他的误工扣他多少工钱,他只恨不得自己变成那封批信,一路回到故乡,回去侍奉于病榻前,一尽孝心。唉,"莫西林"到底是什么啊?

浮萍飘摇

胡海洋

子育是从郭大哥手里接下送批这个活的。郭大哥要出洋,就让子育接着送批。可还没有正经送过几次,家乡就开始打仗了。昨天下午,听说批信到了,有一船那么多呢。子育有点兴奋,果不其然,傍晚时就传话告诉子育,明天要送批了。

天还没亮,子育就从床上跳了起来。用冷水抹了把脸,穿好褂子,套上布鞋,急匆匆地冲到了局里。局里油灯昏黄,有三位先生围坐在桌子旁,听到动静都往门口瞧来。"子育,我们还没分完，你先坐在旁边等下。"赖先生道。

"好咧！"子育一屁股坐到先生身后的凳子上。先生们分着手里的批信，不时低声交谈几句。陈先生手上的动作没停，低着头边整理边说道："这几个月交通断绝，攒下的批信也真不少！"

"现在这批信能寄回来就不错了，外面看得紧，战事又频繁。我那侄儿上三个月出洋，前两天给家里的第一封批信才刚送到，说是被困在香港，海上都是炮火，惊恐得紧哪！"赖先生慢条斯理道。赖先生会教子育认字，所以子育很喜欢他。

"是啊，我前两天看报上说国军炸了日本人好几艘大船呢。可威风了！"接话的是梁先生，年岁不大。

"威风？呵，笑话！光是炸那船有何用？现在这陆上节节败退，兵力也不够。上次那征兵，不就是强抓人？有人运气好，允许雇逃难人代替，可这些毫无经验的兵直接就被送到前线，和送死有什么区别！"赖先生有些激动，油灯也随着晃动起来，"唉，听说下次征兵，就不许别人替了哟！"陈先生有些无奈。

一时无言，三位先生手上的动作却也没停。突然，梁先生举着一封批信停了下来："这……孙家儿子来了封一块钱的批信……"梁先生有些吞吐。赖先生一扬眉："三四年了，终于知道寄批信了！才一块钱，看来他的日子……"赖先生忽然顿住，再开口时却也变得磕绊起来，"是……是潮安的那个孙家小子？"

"是……"

赖先生忽然就不说话了。

先生们分批信的速度渐渐变慢了。"他家还有什么亲戚？"赖先生声音越来越低。"没有了，本就是孤儿寡母，本想孩子出洋了，老母由邻里照顾,这日子能好一点,可老母上个月刚出殡……"陈先生也轻叹了一口气。

赖先生拿过批信,看上去是想打开,不过手抬起又放下了,反复几次,还是打开了。

子育直起身子,顺着赖先生的手,看着这封批信。批信只有薄薄的一张笺纸,叠得很整齐,但竟然是干净的,只能看见红色的油印框。赖先生缓缓拆开笺纸,拿着笺纸的手忽然有些颤抖了。

子育仔细一看,原来笺纸上是有字的,在笺纸最开始的地方,有一个字,写得很潦草。但这个字子育认识,赖先生之前专门教过他。

子育想了想,没记错的话,那个字念"安"。

一个屋子忽然寂静了下来。子育在这片安静中有些瞌睡,在将睡未睡的朦胧瞬间,陈先生叫醒他:"子育,你来,这一沓是澄海的,总共十七块钱……"子育走到桌边,接过批信,仔细清点后装进包里。

赖先生走到门前,打开了店门。时间已经不早了,可天却依旧灰蒙蒙的,像陷在破晓前的昏暗里。赖先生望着天空,须臾长叹了一口气:"这天,终究还是不好啊。"接着转头向子育轻轻地说了句,"子育,记得带把伞吧。"子育应了一声随后拿起一把伞,护着包裹急急送批而去。

文白丁画图寄意。贤妻见图心欢喜,言道狗尾挂铜锣,应是九月底,丈夫回乡来。

六十六年浮生梦

赖秀俞

她在寂寞的山间走了一夜。

回到家,太阳已经出来了。母亲看到她,号啕大哭。奶奶把她拖到门外,用树枝不停地打:"你还有脸回来?我打死你!"她从墙角一直滚到鸡窝,奶奶的树枝也抽到鸡窝,鸡被打得生疼,一直扑扇着翅膀,把地上的鸡粪溅得满天飞。她缩在鸡窝一角,眼泪和挂在脸上的鸡粪糊在了一起。

从李家反锁的柴房里翻窗逃走,丢光了家里的脸，奶奶恨毒了她。那夜，若非窗外一株桂花树钩住她的衣服，她兴许就摔断了腿。

那年她五岁。白天，她帮母亲洗衣做饭打扫屋子，三餐蹲在灶台下吃剩饭剩菜；晚上，她跟母亲挤在一张小木板床上，母女俩共用一条又破又薄的棉被。弟弟睡奶奶屋里，奶奶给他搭了个小床，软软的，她偷偷去躺了一下，被奶奶发现后扇了五个耳光。弟弟年年添新衣，而她那件打了几个补丁的裤子，裤脚已经从脚踝提到了小腿。

除了母亲，能给她安慰的就是邻家做糖画的父子，小男孩叫有望，比她大一岁，时不时从家里偷糖画给她吃。这是她小时候感受最甜美的时刻。

不久弟弟上学了，奶奶对着母亲冷言恶语："迟早都要嫁给别人的！就不要想读什么书了！读了也没用！"她坐在门口洗菜，眼泪掉在菜上，不敢叫人看见。母亲病弱，人微言轻，帮不了她。苍茫人世,她不知该不该想父亲。小时候,父亲经常抱她去看村口小河里鸭子游泳。但父亲突然间就把她卖给李家,之后去了南洋,多年没回来。之前温馨的亲情都是假的吗?奶奶说父亲不要她,生女儿就是浪费粮食。

可是这是她的错吗?她决心不再哭。天地间她只有她自己。她开始悄悄用稻草编了好多小鸡、小狗、小鸭子,白天拿去村外的华侨女子学堂门口卖,有机会就和放学路过的大户姑娘们搭上几句话,听她们随口讲点课堂上的知识。就这样她认识了香玉,一个做药材买卖人家的小姐。她们经常在放学后一起去小公园玩,香玉教她识字和算术,她教她用草编织小动物,去山上摘果子。有望在村口卖完糖画,会悄悄给她们带两个绿豆糕吃,那时候,日子过得有滋有味。冬去春来年复年,她学会了简单的读写和算账。

十六岁那年,母亲病重,家里穷得无隔宿粮。

小时候她被父亲卖掉,这一次她卖掉自己,到一个姓郑的华侨家庭做妾。她看到有望眼里的泪水,她抿唇咬牙转过身,忍不住流了两滴泪。这一转,从此人隔参商。

公公在南洋生意做得很大,丈夫也在那边。一年后,她才第一次见到丈夫的脸。第三年,大太太病故,膝下无子。婆婆中了风,一病不起。她识文认字和算账的本领派上用场,自此南洋送来的银信都由她保管。

她生了一个男孩。公公频繁地寄钱回来,让她建造一座大房子。她找人画了图纸,事无巨细地监工、算账、雇人,并早早地决定将房子取名为"望月楼"。1927年,望月楼建了十年,终于完工。她来不及住,和儿子被丈夫接去南洋,自此一去难返。

除了写批给母亲和弟弟,她没跟过去的岁月有任何联系。那些年,发生的都是大事情。国破山河在，城春草木深。奶奶和母亲相继病故，弟弟娶亲，几年后父亲因为肺病不治身亡。香玉在1949年某天清晨破晓前的黑暗中难产而死。有望在闹革命的几年里失踪，几年后他回到家乡，却已经是一盒骨灰，他父亲一夜之间白了头。

1972年她回国探亲。弟弟把父母留下的一个饼干铁盒给她。当年她去了南洋，父亲却回到家乡。弟弟说，父亲最后几年都在懊悔当初卖了她。

她能信吗？都过去了。岁月悠悠，她已经年过半百，恨留在了原地，坚若磐石。

铁盒锈迹斑斑，她吃力地打开。里面有几封发黄的批信，她曾经寄给母亲的批也在：寄上金圆一万二千元，内抹出四千元与母亲做生日之用，又二千元买茶果……还有战乱那年，她写的批：现在对于身外之物皆视如浮云，人生一世劳劳碌碌，到头来也是两手空空……这些批后面，压着父亲在南洋时的批,短短一行字,字迹十分模糊,可还是看出几个字:批银收到,即速赎回女儿。原来,当年她之所以能从李家脱身回来,不是因为她成功地逃出了柴房,翻过了山头。她老了,第一次知道半辈子前的真相,眼泪没有准备好,卡在眼眶流不下来。那年她五岁,如今,年过古稀!她恨的人死了,爱的人也死了,一辈子要过去了。

　　回家路上,月光亮得像她五岁时从李家逃出来的那一夜。她已经累了。这六十六年梦,等得人满心凄凉,而月色依然如斯的美。望月楼里,她曾栽下九株桂花树,树活得比人久,也活得比人好。再过些时日,还是当年的月光,还是当年的山风,那些桂花树会长长久久地替她把梦做下去。

家国情两依

陈润庭

自抗日战争爆发以来,他确乎是更加忧愁,却也更加坚定了。在寄予唐山妻子的批中,屡屡出现的总是对家国安危的担忧,却也流露出坚定的信心,既在安慰自己也在安慰妻子。有时候他站在码头,望着在海中渐渐沉没的落日,海水被夕阳染成一片血红。总让他对彼岸家乡的亲人牵肠挂肚,他想象此刻的家乡人陷于水深火热之中,而自己却好似独善其身于外,便总无法置身事外,安心度日。

眼前这一波波拍岸的海水,是从遥远的家乡来的,或许家乡的小童还拿小小的手去戏弄过它们呢。这么一想,孤单似乎便少了一点,仿佛自己重又与家乡连在一起,从未远离。但这暗红色的海水却也让他更加忧愁,恍恍惚惚之间,他总是不由得陷在战火之中的故国——兵荒马乱,国运兴衰尚未可知……

实则当下的马来亚也不能幸免,自战事爆发以来,物价飞涨,米价日日抬升。他微薄的薪水啊,让他濒临吃了上顿愁下顿的境地。他总还是个教师,长衫是有些旧了,两袖清风依然。但每逢听说国债发行的消息,他总要勒紧腰带,从自己的伙食钱和寄回家乡的批银中省下一点去认购国债。南洋在战后发行捐赈灾的公债,为了救国,当地的华人经常购买。他每月平均花在这上边约三四元。妻子会理解的,寄回家和认购国债,家和国,本来就是一回事。没有国,哪有家？皮之不存，毛将焉附啊。有时候他又担心，这乡人闭塞，恐怕日本轰炸机飞过时不知危险，总得叮嘱几句。乡人不知道什么是飞机，便称"铁鸟"，他还曾在批上叮嘱：如果看到铁鸟飞来，应该尽快走避逃命，不能因为好奇而围观。

那认购国债的人群就像抢购平价米的人群一样密集，大家都争先恐后，唯恐买不到国债。仿佛买到一张国债，便尽了一份责任，否则连睡觉都不能心安。人在异国，不能身临国土为自己国家而战，即使是换个方式，也总要做点什么。这人群中既有像他这样穿着长衫的清贫先生，更多的却还是那些打着赤膊的苦力。他们看样子是刚刚放工便赶到这里来。他想，我总不比他们辛苦吧。他们在码头上肩膀和脚后跟磨出茧子，一个月也不过几个银钱，却还能认捐国债。大家能做到的也许是分毫，表达的却是一样的情怀。

听说马来亚有几位热血的爱国侨领已经集资认

捐飞机，又请飞行员驾驶回唐山参加抗战。国难当前，匹夫有责，即便是在外的侨民，无论贫穷富有，无论阶级与境地，心里都藏着家与国。这国便是家，这家也就是国。

乌鸦有反哺之心，
羊为走兽，
尚尽跪乳之孝。

情怀依旧

[新加坡]蓉子

首次出席中国大使馆的宴会,是杨文昌大使的邀请,然后是傅学章大使、陈宝鎏大使,一直到现在十任了,房代办最年轻,贤伉俪是70后的新一代中国外交官,温厚亲切。

二十几年来,人事几番新,而中国的发展更是龙腾虎跃,变化快得教人乐晕!

当年许多人都不会想到,将与中国有密切关系。十八年前,还有人不愿派驻中国,认为是老板在惩罚他。那些早就攻读清华北大的海外青年,都极具远见。四十年的改革开放,路途艰辛,而今终于走上康庄大道。这四十年既考验了中国的能力,也考验了许多政治家的眼光与信心。

再往上溯,二十世纪中期的海外侨民,他们没有别的想法,只盼望赚了钱快点回家。他们心目中,全世界就是中国最美最好,只是没有钱,但我爱她!

近期,我与十五位文友在做一个侨批项目,作为改革开放四十周年的文化献礼,因此读了好几百封那年头的家书,真是:行行无别语,只道早还乡。

年轻的你,是无法体会还乡的迫切。看看中国的春运吧,回乡人的焦虑与喜悦交织,再沉的行李,再远的路程,再辛苦的跋涉,绝无怨言,我就是要回家,回家见亲人!哪怕我家在穷乡僻壤。

今日回乡人，车票再难买，旅途再劳累，你也有家回。当年的海外侨民，有家归不得，万水千山空思忆，夜夜梦里泪湿枕。新年越近，念乡越切，唯有一封薄批，几十块钱，捎去满满的思念。爹娘啊，原谅孩子不孝！

春节前，寄批是头等大事！家书未寄，心不安。

我家穷，住的是亚答屋，吃的是菜根。除夕宰了一只鸭子，肉香袭人，当晚，饭头上薄薄三几片，年夜饭吃得好欢心！这只鸭子要吃十六天，直到元宵。当年没有电冰箱，鸭子卤后挂起风干，三两天后再回锅，初一二吃了，就不许再吃，天热，实在难以保存，就切块煮卤，好不容易挨到元宵，锅里加些萝卜或豆腐，美美再吃一顿。明天开始，萝卜干咸杂菜，重来长相伴。肉味啊，等下一个节日吧！

尽管如此，家书绝不少寄！于今忆起往日困

境,依然禁不住泪流满面!在汕头侨批馆,墙上一横幅,上书:一息尚存,家批决无中断之理!

此言感人肺腑!见一回伤感一次。

我家老人,今已九十高龄,在乡下安享晚年,感她美德,虽未能承欢膝下,供养唯恐不周。这亲情与责任的传承,来自不识字的农妇,她对家乡的大爱,润我一生心!希望后代子孙,莫忘祖辈的路是怎么走过来的。

今夜中国大使馆,高朋满座,四海为友,歌舞盛宴迎新春,佳肴美酒喜相聚!看中华民族日渐辉煌,国强民富,举世瞩目,海外华人喜不自胜,关爱家乡亲人,已是不同的形式,而情怀依旧!

第二辑

侨批情深

留守姿娘

林伦伦

侨批故事多,充满苦和乐。

因为自小生长在有着陈慈黉故居和樟林南盛里的著名侨乡澄海,所以对不少侨眷家庭很熟悉。童稚时代的不少玩伴和少年时期的不少同学,都是侨眷家庭的孩子。通常来说,这些家庭生活都是小康的,至少不会饿肚子,穿着也比普通农民家庭的孩子要好得多。我记得,村里的第一条"羽裤"(毛料裤子)、第一套西装、第一台番车(缝纫机)、第一架"克家路"脚踏车(自行车），都是来自侨眷家庭。俗语说"番畔钱银唐山福"，一封封侨批，就像一根根输血管，"番客"们在"番畔"干苦力赚来的血汗钱，滋养了潮汕侨乡的成千上万个家庭。

似乎，侨眷家庭就是幸福和富裕的代名词。然而，由于经常到小伙伴家里去玩的缘故，很不幸，我却看到了这些幸福家庭光环笼罩下的、在阴暗角落里暗自啜泣的"乌衫旦"（青衣旦）——在潮汕家里苦苦等待着漂洋过海去"番畔"谋生的丈夫，上要奉养丈夫的父母，甚至祖父祖母，下要养育跟自己一起留守的儿女的苦命女人，她们演绎的是一出跨度长达半生以上的人间悲剧。番畔的丈夫，何时能衣锦荣归，那只能听天由命了。几年能回来一次的，就算幸福了；丈夫在外国娶了"番婆"二人（二房）、十年八年回来老家看"草头"（结发妻）一次的，也算幸运了；有丈夫只度过了新婚之夜就去过番，然后如"泥牛入海无消息"的就更悲剧了,这些留守妇女就等于一辈子守了活寡。

这样的留守妇女,在潮汕侨乡,不是一个两个、十个百个,而是成千上万!潮汕俗语形容人的悲惨之极云:"惨过等出外翁"("翁"读同"氨",丈夫),就是最直白的极端诉状。而一封以"手布诗"形式写给番畔丈夫的"唐山批"(从侨乡唐山寄往番畔的批信),杜鹃泣血般地诉尽了思夫成疾的留守女人的苦难:

提起笔,泪如丝;

字未写,先悲啼。

啼冤家,无仁义;

无批信,已十年。

莫不是,忆着番邦美娇女;

莫不是,忘却唐山结发妻;

莫不是,忘记堂上老公婆;

莫不是，无想膝下有娇儿；

……………

而最近，澄海作家陈继平的一篇《南砂女人》的微信推文，引起了一阵子圈内的轰动，从而又引出了一封刚发现不久的77年前南砂乡一位即将乘坐末班轮船远去香港的丈夫（名先敬，字修智）留给妻子——一位未来的留守女人的家书，读起来也不免令人唏嘘：

琴：愚因微利赴香，一路水陆平安，无须介介。堂上大人甘旨，尚须克意奉承，方不负余之所托也！

自古"商人重利轻别离"，男人重利轻女人，而这寥寥数十字，谆谆嘱咐的是"克意奉承"公婆，对妻子倒是一句也不用安慰了。而此去水迢迢、路遥遥，"琴"（名乐琴）就此成了千千万万的留守妇女之一，守着丈夫的嘱托，守着这封信，过了几十年，直至去世。

丈夫犹如远航的船，乘风破浪，追名逐利；妻子就像码头上系缆绳的石墩，而家就是港湾。无论船有多大、航程有多远，船总要回到港湾，牢牢地系在石墩上，好好地修整一番。这样，港湾里就有了笑语呢喃，就有了歌声婉转，就有了琴瑟和谐。相反，假如那艘远航的船"一片帆去到石力埠（新加坡）"，然后无痕无影，系船绳的石墩就成了天天等船（夫）归来的"望夫石"；港湾里因为没有了船而失去了笑声，失去了歌声，失去了幸福。可悲复可叹的是，潮汕侨乡的大部分留守女人，最后都成了这冷冰冰的、没有人来温热它的"望夫石"。

呜呼哀哉！当我们为"潮汕姿娘"的重情守

礼、相夫教子、尊老爱幼、柔婉雅致唱赞歌的同时，难道不该回头反思反思这"恪守妇道"的传统"美德"的残忍和毫无人性吗？

感恩行孝话侨批

陆士清

"孝"字的构成，上为老、下为子，意思是子能承其亲，并能顺其意。《孝经·开宗明义》篇中讲："夫孝，德之本也。"孝道，中华文化的优秀传统，作为文化基因，它流淌在炎黄子孙的血液中，也涌动在侨胞的侨批中。

百多年来，不少同胞，或为躲避战乱灾害，或为养家谋生，他们"过番""卖猪仔"，背井离乡，漂洋过海，到南洋，到北美，做苦工，做小买卖，艰苦奋斗，成就事业。白天他们无一日歇息,夜晚他们乡愁绵绵。夏对星星,秋对皓月,最挂心是双亲的温饱、健康、安危乃至终老。他们最痛苦的就是不能在双亲身边尽孝。页页侨批道出了他们的挂心和痛苦,从中我们能谛听到搏搏跳动的孝心。

陈应传,"母亲言衣服破碎不堪,儿闻之心甚酸疼万般,儿子罪过";

有存知家庭困难,痛心地说:男儿"何忍置家人于水深火热之中";

集贤对慈母说,父亲仙逝,"实痛惜仙游之时,无在侧奉侍,其罪大焉"。

秀辉致鸿德儿媳的信中殷殷嘱咐,收到信后一定把带去的布为"妈亲大人先做寿衣"。

…………

自责和殷殷嘱咐,一片孝心之声!

这种孝心在叶和仁致母亲钟氏的四封信中表现尤为鲜明。

叶和仁致母亲的四封信,前后用词有微妙的变化。1985年信的开头为"禀者",1900年信的开头为"敬禀者",而后两封信开头都写"跪禀"。叶和仁的"跪禀",不是尺牍启首的套话,而是情感的凝重和心头的沉重。男儿膝下有黄金,一跪天地,二跪父母,大恩之外是不能轻易屈膝的。跪禀,跪着向母亲禀告,深表敬崇和向母亲"请罪"。因为"我兄弟三人在外,未曾有一人在家奉侍"母亲;"兄弟出番,无一回唐看顾老母"。尽管寄钱奉养母亲,给母亲买补品,悉心关照、安慰母亲,但无法弥补不能伺候母亲左右而自觉愧疚,有"罪"。诗曰:"慈母手中线,游子身上衣……谁言寸草心,报得三春晖!"深挚的母爱,沐浴着儿女,儿女微薄的关心和回报,哪能报答得了如三春阳光般的母爱呢?叶和仁的跪禀,"罪己"就是这种孝心的映现!

有一首歌唱道:"没有家哪有你,没有你哪有我?"孝,是对父母和长辈养育的感恩,是对家族乃至民族传承的担当。页页侨批显示:关山万里之外的世世代代的侨胞,和所有炎黄子孙一样,都流淌着感恩和担当的血液。

作者简介:

复旦大学中文系教授,中国作家协会会员。曾任复旦大学台湾香港文化研究所副所长和复旦大学老教授协会副理事长等职。现任中国世界华文文学学会名誉副会长、香港世界华文文学联会副监事长、香港《文综》杂志编委、上海华语文学网顾问。

柴米油盐问金安

[新加坡]蓉子

读侨批，看到众多男儿为家计远赴南洋艰苦奋斗，女性并未缺席。

虽然多数女子生活在家庭的边缘，然而侨批见证：她们把对亲人的关爱，对家庭的赡养都视为己任。

木兰替父从军为孝心，她毕竟能武，才敢驰骋沙场；昔日女子过番，可不比今天出国的，多是女秀才，坐飞机住酒店，脸敷脂粉口说外语。过番女子并无谋生技能,做的全是打杂的基本工。读了多封女子家书,我深为感动,其中杨秀兰寄儿楚鸿:"汝母每日,千艰万苦,受尽饥饿,积蓄寄去。挂念唐中孙儿,正在叻受尽苦楚,工作十分沉重,手足每日浸水生蟥。汝务须勤俭耕作,以免家中大小受饥受寒……"

手足每日浸水生蟥,为的是家中大小免受饥寒。这样的女性,应该追颁奖状,以慰泉下,以彰后人。

中国人传统:男主外,女主内。到了艰苦时候,女子一样把家庭负担视为己任。

女儿梅给母亲的家书说:父亲去世了,子女不能随侍在侧,"子责不周,百身莫赎"。如此自责之语,体现了女儿的孝亲,她不因身为女儿而推卸责任。

丁陈氏寄家姑大人,因币值低落,物价飞涨,至家批不敷应用,"家需连月久缺,如有向人借用多少，示明来知，下信设法应付"。信末附加："大人年老，为媳亦知，唯望代媳尽力安为。专此，敬请金安！"

侨批中的女子，有女儿、有儿媳亦有母亲，不论哪个身份，都有一颗为家庭奉献的责任心。她们在困苦中走出家门，到海外谋生，始终荷负家乡亲人的生活重担。在那"受薪阶级者饿断饥肠，呻吟床褥，奄奄待毙……"的环境中，她们柔和却不柔弱！

1939年，黄舜珍寄三叔："我虽居叻，而一片精神皆在家中。"

另有一女子，批文仅一句："女在街边卖霜。"短短六字，幽怨凄凉，如泣如诉，动人心弦！

当年新加坡华社为筑梦，筹建读中文的南洋大学，全社会鼎力支持，有钱的没钱的，男女老少，大家齐出力，众多娱乐业苦命女子亦不甘人后，为筹款兴学卖唱陪舞，她们人在江湖，情系教育，正是义薄云天，感人深远！国家兴亡，匹夫有责，"匹妇"一样铁肩担重任！

女子家书，并无文教世局大事，一颗纤纤芳心千万缕，丝丝缠绕在柴米油盐、亲邻长幼的琐事中，寄钱寄药寄旧衣，问大问细问金安。

那时代的女子，多不识字，执笔抒情难。有个聪慧女人，竟剪了歌册上的字，贴字排句代替书写，真是神来之思！重男轻女的时代亏负了女子，而女子并未掉队于养护家人的侨批队伍中。

女人一生的气力都用在生孩子，无法与男子汉比神武，然而其家国情怀，浓烈的责任感，绝不落人后！

多彩的侨批，记录了时代男儿的坚韧，也铭刻了女性对家庭的痴情！我们在微信上轻易感动，点赞无数，对这万里鸿雁声透远洋的亲情，更该点赞留芳！

作者简介

新加坡的文化钟点工,苏州的外劳,工龄三百。曾被介绍为两万五千年的花岗岩。

亦文亦商,热衷文化交流,喜当马前卒。写了半世纪报章专栏,只有一篇散文入选教科书。

出版三十余本著作,长期在副刊占地摊,是唯一同时撰写新加坡所有华文报专栏的卖文者。曾经每周七专栏,其《秋芙信箱》为人津津乐道;短篇小说曾被拍成警世电视短剧。

飘飘孤雁影

[新加坡]潘正镭

家书,守望者的挂历,用心挂着。在这个村庄,念那个他方;这个身份模糊的他方,念着清晰的屋厝。南中国海,天海两隔,季候风吹,顺风或逆水,容颜守候,年轻日老,年老日衰,亲情丝线,颤动深夜的无眠。

是你下笔千斤重,抑或旁人应言代书,唯有"有话"熔真情铸真意。一着墨,不离思念和愧对,不外困窘和坎坷,难免欲言和又止。信末若不汇寄银两若干,何以问候?

家书批银,它负载的,远远超脱计量的意义。

大银、光银、大洋、国币、港币……名目离我们遥遥。若要今昔对比,那是不明了含在信笺里分分钱的情义分量。每一分钱的攒聚,五圆,十圆,一百圆……围绕着生计和生活的苦楚奋斗。何以不多寄家批?明白了啊,一纸家书,不添钱财,何以请安?

十八封侨批,道出谋生艰辛、人情冷暖、世道变迁、时局烽火……为了寄批,有人连衣物都典当了。"侨居困境",今人或难理解,当年出门不易,有人衣衫褴褛,亦有人大衣裹身,希望他日光耀门楣。其实这大衣也随时准备在拮据时用以典押缓急。

藏在每一封信里的内心都是孤寂的。

书者名姓,收件人之居所,字迹历历,而我们已不知道他们为谁。地一端天一方,过得好或不好,运程各异,可不是连续剧段数。每一家批,每一叙述，血脉刻痕，沁出至亲怀念，规谏，家小慰问，夫妻两隔，怨叹未平……告老未还乡啊终是老泪横流。

此集首封作于光绪二十五年（1899）。寄洋圆五大元予慈母。奉告家兄娶嫂，手中拮据，二哥运气不佳，走失钱财。自身本欲回家省亲，思量盘费，不如用之谋祈头路，谋生之志挺拔在在。

"你们在家切莫认暹罗是金窟"——这是另一人家儿子从泰国捎信老母亲。时已1975年，沉重的岂仅乡愁。

十八封家书，跨度近八十年——封封仿若连珠号里的标点，个个是时代的本身，亦是焦灼地寻求命运突围的载体。南洋一方土，脉脉子裔情，以上香的心念，我默默读，感受到的是深沉大海……侨批身影，远去的历史天空里的孤雁，每一个字句都活着啊。

作者简介

祖籍海南文昌。曾任《新明日报》总编辑、《联合早报》副刊主任。获法国国家文学暨艺术骑士级勋章。

作品有诗集《告诉阳光》《赤道走索》《再生树》《天微明时我是诗人》《天毯》《@62》及文集《交替时刻》《天行心要——陈瑞献的艺踪见证》等。

过番翁

[泰国]杨玲

以前,潮汕地区人多田少,一遇上天灾,出产的米粮就不够吃,自古以来,潮汕地区就有买棹过南洋的习俗,到了番邦异地开始新生活并不容易,一切从零开始,赤手空拳开创新天地。在家乡的家人叮咛时刻响在过番人的耳边,"安定下来就报平安,有赚就寄批,多少不要紧,最重要的是人平安",可能顺利的话积蓄一笔钱回乡娶老婆,待上一两个月又买棹南来,再苦斗再做回乡梦……

番客、过番翁是旧时的用词，现代语言应是移民、异地婚配。而侨批是侨乡旧时期中的特殊现象，寄批是特殊时代里的特殊产物。侨批馆是现代银行、邮局的前身。作为承载海外华侨与家乡亲人两地情愫的侨批，几乎每一封都充满真挚的家人互相关怀的深情，尤其是夫妻远隔两地的传音。但是当时的潮汕地区，因时代的局限，传统的风俗约束以及特有的大男人主义，很少有番客在侨批直白表露对家乡妻子思念之情的。潮州谚语："嫁个过番翁，有翁当无翁"，在家乡的妻子长期守空房，其中的无奈悲哀，皆可在批信里看出来。

在叶和仁寄母亲钟氏书上，他问候母亲之后，交代所寄银圆如何安排之后，破天荒问"陈氏福安否"。一份数百字的批信，只有几个字问候妻子，而且是"破天荒"，足以使妻子惊喜。

又如暹罗李期周寄妻张氏，"年来商情不景，谋生困难,倘若上苍见怜,朝夕如有厚利可获,余当迅速回梓,一叙天伦之乐也"。如有厚利才回转,天知道等至何时,嫁了番客,就是无尽期无希望的等待。

新加坡华侨刘春盛寄妻子黄惜卿:"既为夫妇,福祸亦同妻共享,以度此危险之年,何况人人皆遭浩劫之大灾也,见草之后幸勿有来叻之念。"这是嘱咐妻子不可前来相聚,打消此念,继续在家乡等待吧。

马来亚林汉松寄妻子璇清:"视妻尔面形太瘦,谅因思劳过度,深令夫挂虑。虽经纳妾,乃属等闲之事。"男人已在外纳妾,但说是等闲之事,这叫家里的妻子怎么理解?还是无望的等待吗?

刘潮俊寄的批上说:"关于买棹归梓一事,难以一决。……而愚一踏上家乡,舍务农以外,实无其他可图。似此情形,苟从生活问题着想,反不若另居暹地,较称上策也。"暹罗生活不易,但回乡也无谋生门路,只能交代妻子继续刻苦等待。妻子之苦,苦不堪言啊!

陈氏女子寄回批给丈夫:"项接来信,内中各节已知,您有意思回国,愚也不能主裁。贤夫如自己有把握,也可回塘(唐)。自己有把握回塘(唐)之后,生活费用也应回塘(唐)。"在家乡盼夫回来,但还是要夫自己主张,何等无奈。

还有那女子的"手布诗":

> 贱妻陈氏,纸笔持起,告达冤家,各事知机。忍泪吞声,五脏惨裂,想夫当初,太过之时。……

丈夫过番,妻子在家苦等多年,无音无信,忍无可忍,以"手布诗"明志,痛斥夫君的薄情无义,期望以亲情唤回丈夫,真是时代的悲剧,诸如此类,不胜枚举。

作者简介

泰国《新中原报》文艺版编辑、世界微型小说学会理事、泰华作家协会副会长、《泰华文学》编委。

2014、2016年分别获首届与第二届世界华文微型小说双年度优秀奖；出版泰文小说翻译集《画家》、四川文艺出版社出版微型小说集《曼谷奇遇》；曾和父亲老羊合著出版散文集《淡如水》、微型小说集《迎春花》、诗集《红·黄·蓝》。

所爱隔山海

刘登翰

这是一组情深意挚的怀乡思亲的海外来信。

中国人无论走到哪里,也无论走得多远,舍弃不下的是故土,萦系心头的是亲人。这是因为,几千年的农耕社会,土地是根本;土地开发的长期性和从播种到收获的周期性,使人不敢轻易离开土地。在这样人地关系基础上建立的家族/宗族制度,使人对土地的从属和对家族的归附,形成了中国人安土重迁的文化心理和对"父母在,不远游"的伦理纲常传统的极度拥护与依赖。

然而，当生存压力超过了这种固守家园的可能限度，即在原有的土地因种种原因，例如战争、灾祸或田少人多，资源分配缺乏，生活无以为继时，这种人地相对平衡的稳定关系便被打破，迫使人们走上离乡背井的道路，以寻求新的生存空间。南方近海，下南洋便是必然的选择。然而远行是因为近忧；所谓"华侨"，就是这种迫于生计漂洋过海谋生异邦的"出外人"，或称"过番"。在中华文化的传统里，"过番"不只是个人的漂泊，他还背负着一个家庭，一种希望，一份担当。无论他在海外功成名就，抑或谋生维艰，他都必须负起一份责任：养育留在故国家园的父母妻眷，惠及乡亲故旧。因此，每一个过番者都有两个故事：一个在海外，一个在故园；一个过番者的成功失败，也牵扯着海外、国内两方面人生的命运兴衰。并非所有过番者都能心想事成，成就大业；或能温饱之余，小有盈获，已算万幸；至于淘金梦碎、抱憾异邦者，亦不在少数。但无论如何，养育家小、回馈乡土的这份担当，是不能也不曾减却的。

这组珍贵的批信资料，讲述的就是这些下南洋的侨胞们生离死别的故事。

这些批信，多由粗通文墨的"秀才先生"根据寄信人的口述代书，而非寄书者的亲笔，字里行间少却了一点情感温度。但信中所述种种，无论是对海外境况的叙述，还是对家中父母的怀思，抑或是对所寄批银的分配问题，以及对某位亲戚故旧的关切惦念、对送信水客应予厚待的谆谆叮咛，仍能让人感到寄信者对长辈的拳拳孝心和对故土亲人的殷殷深情。正是这份礼数备至的孝心和深情，焕发着中华传统伦理文化的人性光辉，成就远行异邦的中华儿女和故国亲人紧紧联结的纽带。心系故土，批信传情，"所爱隔山海，山海皆可平"。

作者简介：

福建厦门人，出生于闽南一个华侨家庭。曾任福建社会科学院文学研究所所长，福建台湾文化研究中心研究员，福建师范大学文学院博士生导师。主要从事中国当代新诗、海外华文文学和两岸文化研究。出版学术著作和文学创作集三十余种。

我虽居呦,而一片精神皆在家中!

批里容颜瘦

[新加坡]蔡深江

从前家书简单,就是关心与思念,夹杂生活细节不着边际,仿佛越是烦琐,越能具体捕捉人隔两地的情绪,越要交代无法亲自侍奉的遗憾。

信由人代笔,读也由人代念,亲情隔着陌生笔触和语调,文白参半,像急于融入一个时代,却又很想离开一个地方;要家里看见遥远的一切,又生怕家里知道太多,触景伤心,靠想象拥抱。

读郑裕潮给母亲的南洋侨批，尽是叮念与不舍，远远眺望乡愁，急切安顿自己，始终挂念母亲的身体，寄回微薄家用，却苦于无法将亲人接来同住，满是遗憾。侨批情牵孝心，大至婚娶，小至托人带上猪油十斤，批中须请示交代，不需任何文采，只剩惦念以及背后那消瘦的容颜。

隔洋往返，牵挂梭织，批去信来多少年，母子没有相见就是多少年，无论生活怎么改善，一日无法聚首，日子就不算安定，心中隐隐一个洞。

家书万金，是最值钱的财富，最深切的牵挂；没有不痛不痒的描述，却很可能是避重就轻的答复，是报喜不报忧的思量。那是一个最考人心的寄托，什么该说，什么不说，什么点到即止，什么言犹未尽，喜忧斟酌，批里酝酿着中国人浓缩了的人情世故。

泪眼读批，拿捏或许粗糙，性情不必含蓄，正是隔着久远年代，我们才看得明白，那个时代的月明星稀。

作者简介

祖籍广东潮安。媒体人。

鸿雁传书,夫妻唱和

陆士清

夫妻,由婚姻结成一体的家庭组合。夫妻,各尽所能,无条件地帮助和成就对方,生儿育女,抚养后代。携妻"好比鸳鸯鸟,比翼双飞在人间"。夫妻恩爱,双宿双飞,是世间男女的追求。无奈,当年下南洋的侨胞们,为了生存"过番""卖猪仔"而劳燕分飞,天南地北!丈夫劳碌终日,枕旁无人语悄悄;女人空房独守,门前无肩来依靠。但是关山万里,阻不断侨胞夫妻的情思,"侨批"就是他们唱和传书的鸿雁。

他们互诉离情和思念。"在一个月白风清的夜晚,我怀着一颗惜别之心,和你抱着那襁褓的涛,坐在埕外的屋檐下,作最后的相聚,倾诉那离别绮情之语,你何等缠绵缱绻地安慰我,鼓励我……更增加了我绻恋的心情","我曾梦幻着回到你的怀抱,一切都依旧平静得像当年"。(《华致真妹》的信)

他们期盼团聚。刘潮俊妻谢氏盼夫回归,无奈刘先生有家归不得。因为家乡"舍务农以外,实无其他可图":"我乡位处怕雨怕晴之地,三日晴则有旱患之忧,三日雨则有水灾之虑"。生存艰难,归乡无望。新加坡华侨刘春盛妻子黄惜卿、泰国华侨刘潮俊妻子谢氏,希望丈夫将她们接去团聚,他们虽然觉得"既为夫妇,福祸亦同妻共享";但因侨居地商情困苦而不得不叫妻子"打消此念头,继续在家代我效力,待候日后有机会时,再作商量"。

尽管团聚只是个梦，但夫妻情深，寄希望妻子在家乡"一本过去之精神，继续努力，庶几家道有成"（暹罗李期周寄饶邑下堡李宅张氏荆妻）。马来西亚三发华侨郭锦烈与妻子若娟商量收养一个男孩，"以增房丁"。李期周虽然纳妾，但不忘发妻，寄语："尔不可思因夫在洋纳妾而忘弃贤妻，古有言'草头结发如山重'（潮人称结发妻子为'草头'）。"

长久分居，即使夫妻也可能生嫌隙，才华洋溢的《女子"手布诗"》和丈夫回批的"手布诗"就是证明。妻陈氏诗中从诉说鱼水相依，狂风吹散，到指责丈夫三春无信，劝而不归，违背祖训，忘记纲纪，悔兰房野草，非好结缔，怀疑丈夫"异邦金屋，檐宫娇娟"，示意离去。丈夫回批，诉说客舍困苦，表对妻深爱，劝"妻你何必，芳心多疑"，"青楼花月，予未染指"，"草头结发，恩义如天。离合二字，余难主意，或留或去,卿自把持"。虽然他们是离是合,我们不知下文,但对侨胞期望夫妻团聚的追求,深表同情和祝愿!

"侨批"是侨胞夫妻唱和传书的鸿雁。是中华儿女的一页心灵史,一页珍贵的情感记录。

我曾客串侨批童工

[新加坡]何乃强

侨批是海内外华人的珍贵史料,南洋的新马泰可说是侨批中心。

海外华人寄给国内亲人的家书和汇款,叫"银信",也叫汇兑,20世纪四五十年代,我读初中时,父亲就给我一份特别的"假期作业",在自家店的"通信局"当小伙计,收汇款,代客读信写批。

每逢星期四的"封批日",我把收到的全部汇单,抄写誊清,一部分送去中国银行代为汇出,其他的寄往香港的联号何广昌，老板广东顺德人何鸣石，在怡保开金店兼做新马汇兑。联号每周会派出伙计，带着现款去广东，亲自把汇款送到收件人家里。侨批的汇兑，全赖这些人的信誉与坚持才得以维系。

我母亲20世纪30年代来自中国，目不识丁，却孝悌慈爱。在乱世中，她曾排除万难给外祖母写信汇钱，而外祖母却饥吃树皮、观音土，寒包麻袋她也全然不知……得知外祖母饥寒而亡，母亲悲恸万分，这成为她心中永远的伤痛！

而今读侨批，记忆重现，日寇侵略遗害万状！至其降后，人们生活"有如初世小孩，一无所有"……1946年，新加坡华侨林思曾寄祖母："自日寇南侵，航运中断，不能一通尺素，以致负此大罪……俺乡此次受日寇破坏甚巨，有云非千年不能恢复之说……"

1945年新加坡林展开寄妻子妙椒：民国卅一年

正月初一日,星加坡遂致失陷。倭军即断绝,粮食缺乏,百物腾贵万倍。日军苛政,屠杀奸淫劫夺,种种毒刑,无不为之。全星市民含冤受其害杀者十余万人。得免惨死者,则受其束缚,不能自由行动。件件惨状,不能尽谈。

施来昌寄薛陇赞名舅台:"日寇野心南进,已过三春之余,阻碍一切交通,断绝吾等乡邦消息,缺乏家庭养力,使有饥寒种种困难……"

日寇罪行,罄竹难书,众多侨批字字血泪,口诛笔伐。

1945年,第二次世界大战结束,日本军在新加坡的恐怖统治也跟着结束。

可惜当时中国的时局还未稳定,国内百废待兴,家乡亲人仍然翘首望侨批。我就在那年头,客串收批写批的"写信佬",为侨批事业尽一份绵薄之力。

苦难已成历史,血浓于水故园情深,即使大难来时音信不通也不忘家人亲情。

新加坡年年在2月15日长鸣警报！纪念为国捐躯的抗战先烈，也提醒国人居安思危。今年此日正值大年除夕，警报拉痛了历史记忆者的心！

作者简介

祖籍广东顺德。中国多家儿科杂志编委、《新加坡医学杂志》编辑、新加坡《联合早报》专栏作者。

裁笺握管愁难开,雁翅莺翼各东西。
谁怜海外飘零落,未卜何时解愁眉。

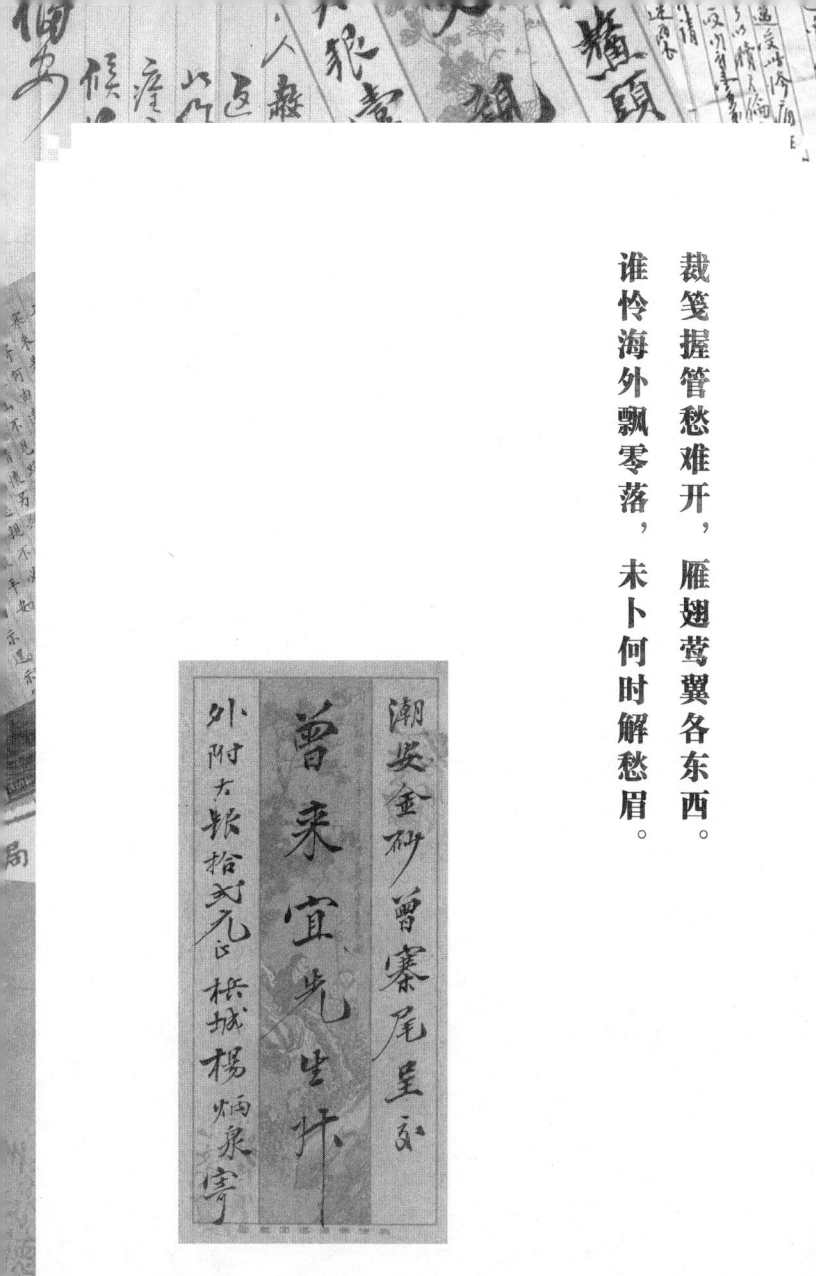

家书抵万金

[马来西亚]朵拉

侨批是华侨历史文化的"敦煌文书",是华侨移民史、创业史,反映出海外华侨对祖国和家乡亲人的责任感及深情。

薄薄一张纸,自南洋经过千山万水,漂洋过海来到中国乡下,终于安全抵达收信人手上,打开一看,溢满一纸思念家乡亲人的感情掉了出来。当年传递侨批的"水客"和"银信局",那份敬业乐业的专业精神叫人钦佩,是他们诚实可靠、令人信任的品格特质,让侨批中的乡愁记忆得以保存至今。

每一封侨批，都是一个家族史，在朴实简单的文字里，往往蕴含着写信的人对祖国、故乡和亲人的深情眷恋，远离家乡、不忘家乡。读着读着，清楚地看见深受儒家思想影响的华人，就算人到了南洋，他们仍保有对长辈的孝顺之心，毫无改变。大部分下南洋的华人并没有机会接受高深教育，有好多侨批更是要花钱请专门为华侨写信的人帮忙代书，但在内容里，流露出儒家思想主张的"慎终追远"和"孝亲敬老"，中华民族的传统美德"孝道"也是向善的起点，这份根深蒂固的观念，就算到了南洋之后亦牢不可破。母亲的崇高地位在信中浮现无遗。儿子到南洋之后，信中虽说生活不易，赚钱不多，但寄信的时候，往往同时寄钱回乡给母亲花用，总是叫母亲不必省俭，尤其在吃方面。这里也让人看见当时毅然离乡背井下南洋，为的就是吃饱。另外在信中尚切切交代，要那位留在家乡的老婆，好好侍奉母亲，带大小儿，最后问候母亲时，附带一句问候老婆日子可好。女性的卑微通过文字显示，那是一个男尊女卑的旧社会。男人到外头另娶，在南洋成立一个新的家庭，却理直气壮吩咐乡下的原配应该怎么样过日子，怎么样照顾老人培养小孩，老婆完全是老公的附属品，听从他的支配。

从信中也读出两地的社会情况，南洋的难处，中国的困境，加上交通不便，无法即时回乡，家乡女人从开始的期盼变成一份遥远的憧憬。双方也只能面对和接受这种残酷的现实。

侨批是情感的真实记录，是华侨的血泪史，在与家乡亲人沟通的文字里，让人看见的还有两地当时的政治、经济、文化、教育，也包括交通、商业金融、社会生活,甚至军事和国际关系等,是资料翔实、内容丰富的华侨社会的百科全书,难怪研究学者称侨批为宝贵的有形文化遗产。

作者简介

祖籍福建泉州惠安。作家、画家。先后出版个人集共50本。现为中国《读者》杂志签约作家、世界华文微型小说研究会理事。福建华侨大学、泉州师院、莆田学院客座教授。举办图画个展及联展60余次。

侨批中的希望与焦灼

[马来西亚] 小黑

对于侨批我并不陌生。事实上,我在很小的时候就接触过侨批,家父便是一位替人写回批的人。父亲因在农业合作社当书记,为人老实不多话,文笔流利,书法端正,因此,不少务农不识字的叔伯都会来我家或办事处请我父亲执笔,代写家书。那时候,我们不叫侨批,我们叫它为"批仔"。那时物资匮乏,信纸都薄且贵,超薄的信纸上是满满的挂念与叮咛。虽然他们不识字,但他们还是庄重地接过信纸,细细端详之后,才小心折叠放进粉红色信封里。如今想来,那画面依旧萦绕在我脑海里,多么珍重而谨慎啊!

侨批是离开故乡的人对故乡的思念与牵挂,"虽身涉异地而营生,实心思梓里"的心情写照。《劝玉生改邪归正》,读来令人无限唏嘘。写信人静山因为听说弟弟"玉生全无心于正业,一顾洋烟赌博之事",赶紧千里寄批好言规劝弟弟。信中,做哥哥的既举例"大亚伯手家本富豪,反居贫困之人",提醒弟弟富人也会倾家荡产。他也鼓励弟弟"正年少力强,何以有难戒之理?"。苦口婆心,焦灼之情,溢于言表。

一封侨批就是一个社会,我们也可以读出那个年代的世俗人情。在国保写给母亲的信中,谈到女儿读书一事,他说:"至于小女儿年纪拾出,诚宜其拈针刺绣,切莫与她读书。总是读书识文,此系男子非女子所宜也。"此等迂腐的言论，白纸黑字记录下来，是其时一部分人的价值观体现。

与此相对照的，是在1938年的一封批信。已经有迹象显示年轻人在力争自身的婚姻幸福。儿子继豪和母亲大人的对话，不认同由母亲决定他的婚姻。他说："知道你与儿定婚，儿虽蒙你慈爱，但是，婚姻究是不能苟且的，为何事前并不通知一声，即黑暗主婚呢？"继豪此信写得气急败坏，对那个时代而言，实属不敬，少有的对长者（母亲大人）语气。究其原因，批中也有提及，当时他尚且没有积蓄，连修理船只都不够，哪敢有结婚的想法，二来也许是受南洋风气的熏陶，他已经明白，媒妁之言的婚姻难以幸福。

侨批既充满人在海外艰苦奋斗的故事，也承载着乡梓的老父母或发妻的牵挂。离乡背井，生离死别，一家人的眼泪是流不完的。幸好，那个年代已经过去了。

作者简介

　　本名陈奇杰，笔名小黑，祖籍广东潮阳。曾任南华国民型中学校长十一年。现为《南洋商报》副刊及《光明日报》专栏作者。曾任《蕉风》月刊主编、马华文学大系散文（二）主编、新加坡金狮文学奖（小说组）评审、《花踪》小说评审、马鸣菩萨微型小说评审、槟州文化协会微型小说评审等；曾获大马华人文化协会小说奖、第九届马来西亚华文文学奖（马华文学奖）。作品收入大马及新加坡中学华文课本。

笑说家教门风

[新加坡]李莳民

对儒家学者来说,文教专指儒学。这得从"文庙"说起——公元739年,唐玄宗尊封孔夫子为文宣王,孔庙即改称文宣王庙。公元760年,唐肃宗敕封姜太公为武成王,中国从此就有了文武二庙。孔庙既然成了文庙,儒学自然就是文教了。

我们要说的"文教",却是普通意义上的"文化与教育"。读完《侨批里的中华情》编委会寄来的"家书",看到当年海外游子对教育十分重视。

家书的寄信人即使受教育程度不高，也非常重视弟妹和子女的人格教育。侨客在信中引古语曰："人格为贵，学问次之。"说明一个人的修养和品德，主要来自优良的家庭教育对孩子人格的培养。他们认为：无纪律、无人格就不能在社会上立足。第一步就从家里做起：孝敬父母长辈、友爱兄弟姐妹，和气致祥才能家运兴隆。在社会上与人交往须讲诚信，切戒高傲；遇事要忍让、待人讲情义；互相合作、友谊第一。所以身为海外游子，必当勤勉刻苦，拼搏奋斗，将来才有崇高的地位，给父母带来荣誉，让家乡族人钦羡，恢复先祖光荣之门。

一些文化程度较高的侨客，对晚辈的要求则更高更细，除了责备来信晚辈的字体潦草随意、歪斜不端之外，甚至不惜花费大量笔墨，一条一条地教导晚辈学习书法的要诀。他们认为：学书如做人，必须循序渐进，不可操之过急。侨客们对书法的重视，可从收信人对写信人书法进步后的赞语窥见一斑。

身在万里之遥，心挂子弟教育，不辞辛苦，纸墨寄语，用心良苦，家风树人。正是这样负责任的家长，才重视家庭教育，体现出教育的根本是学做人，即所谓知书达理，而后才是学以致用，达到德才兼备。

好家教就有好门风，旧时家长训示子女，是以家教为荣，严嘱子女：失德即为辱门庭。人们吵架，出口伤人最重就是：没家教！

一句话，把父祖都骂了，全家羞辱！有尊严的人家，不允许子女遭受如此有辱门风的言语。

时至今日，说你没家教，恐怕讲的是你没请家庭补习教师！

作者简介：

笔名木子，祖籍广东丰顺，1963年生于新加坡。新加坡国立大学中文系硕士，中国复旦大学古代文学博士。现任北京理工大学（珠海）中美国际学院教授。研究领域为清代诗学、中国古代文化、现代汉语修辞、现当代汉语诗。学术专著有《清虞山诗派诗论初探》，文学著作有杂文、短篇小说、诗歌、散文和歌词评论集8本。业余亦从事词曲创作，作品包括多部电视剧主题曲、插曲，以及新加坡国庆日主题歌。

当念同胞骨肉,只有今生,并无来世。

侨批里看家风

白舒荣

儒家经典《礼记·大学》里的"修身,齐家,治国,平天下"这一观念,历来备受尊崇,深入人心。"天下之本在家"的"家国情怀",使中华民族历来重视家庭,看重家风和家教的培育和传承。

我曾两次参观汕头侨批文物馆,这次,读到关于家庭和孝道的一些信件,从封封侨批看到历来安土重迁的闽粤一带百姓,百多年前为谋生离乡背井远赴南洋骨肉分隔的斑斑泪痕:"昨天方接到□□□□（即十一月初九日来信）。在未开拆之前，有如常人得宝，哪知展读之下，寸心有如刀割，方知家中变故。双亲弃世，弟辈分离，一家骨肉尽散。令人闻之五内崩裂，痛何能忍。"他们身在远邦"甘愿受艰难之苦"，却尽其所能寄钱带物为供养家人克己俭省："父在叻劳苦工作，每月辛（薪）金不外五十元而已，除洗衣之后，实仅四十余元，尽量寄为家批。而自己衣服等物，以及私费等等一无所着。"他们尊重传统孝悌之道，孝顺父母友爱兄弟，冀望晚辈学好向上，为此谆谆嘱托："玉生弟在家全无心于正业，一顾洋烟赌博之事，至浪荡忘反（返），使衣食以难图。……弟当回头学好为上。"

封封侨批，一字字，一句句，一行行，无不关情。不少不识字的侨胞，信由别人代写，虽然有的别字满篇，却错不了对亲人的心意。

封封侨批都是一个家庭成员之间共同谱写的血

肉鲜活故事，每句嘘寒问暖的叮咛，件件寄送的物品都是发自肺腑的付出和关爱。在汕头侨批文物馆，沈树然捐的一封侨批写着"一息尚存，家批决无中断之理"，令人泪奔。

侨批没有多少大道理的说教，却以真实的言行谱写、延续了中华民族传统的优良家教和家风。

因为种种原因，如今常有世风日下、中华传统美德缺失之慨，所以习近平总书记在不同场合都谈到要"注重家庭，注重家教，注重家风"，强调家庭的前途命运同国家和民族的前途命运紧密相连。

侨批内涵博大，是在特定历史条件下的历史产物，是海外侨胞的集体记忆和智慧结晶，也是中华文化重视家庭亲情，看重家教和家风传统美德的有力见证和生动鲜活的范本。侨批有重要的历史价值，宣传并弘扬侨批精神，对社会主义精神文明的建设亦有积极的现实意义。

作者简介

中国作家协会会员，出版社编审。

曾任中国文联世界华文文学杂志社社长兼执行主编、中国作家协会台港澳暨海外华文文学联络委员会委员等。现任香港《文综》文学季刊副总编辑、中国世界华文文学联盟副秘书长、中国世界华文文学学会副监事长、世界华文旅游文学联会副理事长。

作品有《白薇评传》《十位女作家》《热情的大丽花》《自我完成 自我挑战——施叔青评传》《以笔为剑书青史》《回眸——我与世界华文文学的缘分》《走进尹浩镠的故事》《华英缤纷——白舒荣选集》等。

感恩之心

白舒荣

《尔雅》曰:"善事父母为孝。"孟子说:"孝子之至,莫大乎尊亲。"所谓"尊亲",就是遵从、尊重父母的心意。有孝有尊,即谓之"孝顺"。中华民族孝的观念源远流长,根深蒂固。甲骨文中即已出现"孝"字。关爱父母长辈,尊老敬老是中华文化传统美德。

子曰:"父母在,不远游,游必有方。"(见《论语·里仁》篇)孔子的意思是说家中父母尚在时,晚辈不要远离,应该守在父母身边尽孝心，如果一定需要离开家乡，也应该有正当的理由和目标。

百多年前"游必有方"下南洋的侨胞实属情非得已，他们在异邦艰辛拼搏，就是为更好地供养家乡父母。他们不断寄钱带物，却仍为自己不能守在父母身旁尽孝，感到有所亏欠。1900年5月28日和1895年8月至9月间，叶和仁给母亲写过两封信。一封说："兄弟三人在外，未曾有一人在家奉侍……十分惭愧至极。"在得知"母亲常有微恙"后，他"心常有不安"。自己远在外，不得"事奉"。殷殷嘱咐母亲"勿深虑，勿劳神过度"，"不要为家中的事过于操劳，恐伤亲体"。

另一封信中，他痛惜母亲已年近半百，仍然"十分省俭，常时只想要买田"。他劝母亲："大凡买田亦系子孙受用，请大人保重身体。"要经常"买肉来食，可以养气血。男随后略有光景,自晓回家布置家中田产,但求大人勿省俭为是"。

1922年5月16日集允听闻父亲在家乡去世,"泪悲怅心"。痛惜父亲仙游之时,未在侧奉侍,"觉得自己其罪大焉"。

几段家书不长,但母慈子孝、父子连心的骨肉深情尽在其中。

《诗经》中有"哀哀父母,生我劬劳""哀哀父母,生我劳瘁"的咏叹。孝顺就是感恩。感恩是一种力量,感恩是一种责任,感恩是一种义务,感恩是一种社会公德。

若人人懂得感恩,人人葆有感恩的心,社会何患不和谐。

烽火中的侨批

[泰国]司马攻

侨批是特定时期的特殊产物,批馆是特殊时代里最典型的行业,批馆集邮局、银庄、镖局于一体。至于作为承载海外华侨与家乡亲人两地情愫的侨批,几乎每一封都充满着厚重的乡土气息,同时也融入了浓郁的、真挚的爱国爱乡情怀。

有几封有关"时局政策"的家书,引起了我的注意。

1916年薛芳兰寄给澄海程洋岗乡母亲的信,当时正当军阀混战时期,潮汕地区人心仓皇,绑架勒索之事，层出不穷。"愿诸父老兄弟勿远出为佳""题派如此之重……"短短数话，表达了对父老兄弟关怀、关切之情，同时包含了中国人忠孝仁爱的美好道德。

"题派"是潮州方言，即荷损什税。当年潮汕地区不单遭受了军阀混战、盗贼如毛的人祸外还加上天灾！"各佃能收成否？"由于灾害，农作物失收，不但关心自己的亲人外，对佃户也甚为关怀。

日寇占领潮汕一带时，海外华侨，对家乡惨遭日寇的践踏蹂躏，除了痛心疾首外，只能努力维持批信往来，互通消息。雪上加霜的是，海上交通受阻，侨批中断。家乡的亲人陷于水深火热之中，而南洋各地的华侨，焦急如热锅上的蚂蚁，恨不能化身鸿雁飞回故土。

"忆自那日寇野心南进，已过三春之余，阻碍一切交通，断绝吾等乡邦消息，缺乏家庭养力，使有饥寒种种困难。""星加坡遂致失陷。倭军即断绝,粮食缺乏,百物腾贵万倍。日军即行苛政,屠杀奸淫劫夺,种种毒刑,无不为之……不能自由行动。件件惨状,不能尽谈。"

随着通信手段的日新月异,侨批已经变成一个文化,一段记忆。而它承载着海外华侨华人真挚的爱国、爱乡情愫,也承载侨胞与侨眷的血泪史。中华人民共和国成立后,侨批时代结束了,祖国的繁荣强盛以及在国际舞台上越来越发挥重要作用,也给海外华人提供了强大的支持和保障。海外华人皆为祖国的强大而备感自豪。而"一带一路"倡议则为东南亚地区带来进一步的繁荣与进步,给海外华侨华人,带来血浓于水的亲情和无限的契机。

作者简介

　　本名马君楚。祖父曾和友人创办成昌利批局于泰国曼谷，其分局设在潮汕，从小对侨批耳濡目染，至今仍有深刻印象。现为泰国华文作家协会永远名誉会长、泰国潮州会馆副主席。著有《明月水中来》等28个文学集子。

飞鸿遥寄家国情

杨中艺

国人侨居海外,不仅惦念家乡的亲人,而且心系祖国的命运,因空间所产生的念想,会因时间而日益强烈,因灾难而喷发!华侨的这种家国情怀展现在不同时期的侨批中,尤其是在抗日战争时期。"九一八事变"后的十四年抗战,是中华民族历史上"最危险的时刻",关乎民族生死存亡,自然是海外华人华侨关注的焦点。华侨早在1935年就表达了必胜信念:"无须自惊,但此次我敌战争全赖上下一心一德,军民合作,长期抗战，最后胜利，必属我国。"表达了对团结一致抵御外侮的热切期盼。

抗战全面爆发后，华侨更关注战争对家乡的影响，担忧之情跃然纸上："迩来闻中日战事，以及华南一带，澄邑沿海兵船云集，恐不久将入汕樟。"侨批控诉了日本侵略者的罪行："上月日寇打下了厦门，尤寻犯汕头……惨杀实惨无人道。"据统计，厦门人口因逃难从抗战前约十八万骤降到1938年5月10日沦陷时一万八千。汕头于1939年6月21日沦陷，一位潮安祖父在回批中写道："所询家乡情状，因寇军登汕，苛政如云，布乱潮线，断绝阡陌。屠杀劫夺，种种罪行，无恶不作。"日寇在潮阳海门镇杀人如麻，至1945年，原有五万人的海门仅剩一万八千人。同胞们惨烈的情状激发了爱国华侨支持抗战的热情："自中日战争之事发生后，叻地（新加坡）侨胞非常热心捐银及捐旧衣外，另再抵制日货""南洋捐赈灾，买公债为救国，人皆购买，每月平均约三四元"。爱国华侨同仇敌忾、空前团结、支持抗战，是中华民族最终打败日本侵略者的功臣。

据统计，卢沟桥事变后，世界各地侨胞组成了数千个抗日团体，陈嘉庚等著名爱国侨领挺身而出，年轻人甚至回国参战，在国家面临危机的时刻出钱出力，竭尽所能帮助国家抵抗外侮，共度危难。侨批如实记录了海外华侨对于抗战胜利的喜悦："日寇坠沉投降，我国山河重新如斯。束缚形况人民殊足以赏，雪伸敌寇伐倒，四海通泮。"

在国家发展的各个时期，侨批都是华侨家国情怀的重要记忆载体。侨批内容表达了对1948年国共谈判的关注和不乐观："报上总有提及国共要议和，诚恐难成功。""因该两党仇恨有廿余年之久。一旦要和，实是千难万难。"中华人民共和国建立初期,华侨在书信往来中对国内局势发展的判断也十分准确:"最近祖国华南沿海一带时势紧张,男也洞悉……显然已不能拖延多久。"20世纪70年代初,中国恢复在联合国的席位,国际地位骤然提升,华侨欢欣鼓舞:"我国外交胜利,中外咸钦,声誉日隆,侨情洋溢。"

读侨批,感知华侨的家国情怀,正是:飞鸿传悲喜,情深牵万里!

作者简介

中山大学教授、生态学专业和环境科学专业博士生导师。兼任第九、十、十一届广东省政协人口资源环境委员会副主任、广东省环境教育促进会会长、省低碳发展专家委员会委员、省环境保护咨询委员会委员、省森林城市建设咨询专家等,享受国务院特殊津贴。

女子家书

刘登翰

早期的过番者,大多是男子单身独往,家眷妻小大都留在国内。这缘于中国的文化传统,男主外、女主内。无论是迫于生计漂洋过海出外谋生,或者经济富裕寻求异邦发展,都是男人应当负起的责任。此时的海外批信,都是男性的过番谋生创业者寄回的;而所谓女子家书,多是留在国内的家眷寄给海外亲人的批信。只有到了后来,异邦谋生或创业有成,站稳了脚跟,有了一定基础,才有携带家眷共赴海外定居的情况;并且随着女主人逐渐成为家务的主事者，才有了随夫移居海外的女子家书出现，说明此时过番的历史，已有相当的时间和背景了。

这样的女子家书，在某种程度上已成为海外过番者与家乡亲眷联系的桥梁了。

这组女子家书，或写于20世纪30年代，或写于二战后的四五十年代。信中反映出彼时南洋的经济状况，并不十分乐观。随着政局动荡，"纸值低落""物价飞涨"，禁令频频，致使海外所寄家资常常不敷费用。历来国内侨眷的生活境况，是海外华侨谋生的一面镜子。海外的谋生不易，直接造成国内眷属的生存困境。侨乡、侨眷这种单纯依赖侨汇的状况，到20世纪50年代以后才逐步有所改变，迫于现实开始兴起自力更生的努力；特别是20世纪80年代以后，借助改革开放的东风，国内亲眷开始利用侨资和海外的信息，营办企业。许多侨乡，归侨和侨眷，带着海外资金回国建设家乡，从此改写历史，带着家族率先走上致富的道路。而侨批，则见证了这一巨大变化。

作为过番女子，这批家书的处世态度和书写风格，已非昔日乡下小女子可比。虽然信中所述，大多还是家庭琐细，但其清晰的逻辑、情感和原则，既让我们看到了中国传统女性的孝道、贤淑，又有着现代女性经见世面的明理、爱憎和大度。这正是从固守家园到走向异邦的双重人生经历，所赋予的一份特殊的文化和性格。

不学无术的人，社会崇高的地位没你的份！

侨批的家国年代

[马来西亚]陈再藩

新山的柔佛古庙游神,国际声誉日隆,中国中央电视台七套的《乡土》摄制组,今年特地拔队前来采风。

几天狂热的"营老爷"结束之后,摄制组开始放慢脚步,缓缓探索新山华人社会的历史与文化背景。

他们来访新山华族历史文物馆,一上楼便盯上那口从二战之前就陪着先父过"七洲洋"的牛皮箱。

80后的编导与摄影师,很难想象,我父亲十五岁少年过番,到他七十二岁过世的五十七年之间,仅仅回乡两次,中间还横隔一截与家后音信断绝的太平洋战争。

我转述母亲生前常常吁叹的"日本天",说到日本投降后好些时日,一批又一批番批水客来过了,先父仍音信全无,母亲的心,几乎沉没到祠堂前的溪底。突然,一天傍晚,我大哥从祠堂前跌跌撞撞冲进巷子,在青石板上连爬带滚,嗓门沙哑、口齿不清地喊:"阿爸的批来了!"

战后过番,把我生在南洋的母亲,就如此将"侨批"夹杂着亲情痛楚,深深刻进我的心坎。

我父亲在战时背着东家的稚子躲进新山市郊丛林。南洋漫长的艰辛岁月使他习惯在廉价雪茄的浓烟中沉默寡言。对于战争,他淡淡说过新山潮人侨领陈合吉一家近二十口被日军惨杀的事。

对于我,从小,母亲一叮咛父亲寄"唐山

批",便是年节列车的即将进站。而年节之后"速报平安"、薄若蝉翼的粉红色回批,结尾总会叮咛先父尽速回乡团圆。"唐山批",不管来回,总是牵肠挂肚的纸轻情重,直叫两地望断云天。

我五六岁时,唐山来一信,父亲看后不发一言,点了香走出亚答屋外,朝北方深深跪拜,久久不起。母亲在屋里说,信是你哥寄来的,祖母过世了。

上中学后,我渐渐接手与大哥通信,1982年轮到我写信将父丧的噩讯通知只在战后与回乡的父亲短聚一阵的大哥。

又过几年,电信局送来电报,到局里探询,译出四个字:"你哥病危。"家里决定对病弱的母亲隐瞒大哥的死讯。对于我,从未见面的大哥,就是年节之后一封封字迹娟秀的家书的总和。

今天,我与家乡的大嫂及其儿孙们都圈在微信一个群里。过年过节，潮汕那头是四代同堂的热闹，这头，我能给他们直播新山的烟花鞭炮，还有人神同欢的庙会。

侨批苦难的年代，确实是走远了。但，侨批承载的家国深情，却永远不会消失！

作者简介

1953年生于柔佛新山，祖籍潮安浮洋花官乡。任职国际石油化学工业38年、从事文化工作逾三十载，原创大马国家非遗二十四节令鼓，力推另一非遗柔佛古庙游神国际化。2016年获选"感动潮州"人物。

天涯盼飞雁,此地长相思!

[新加坡]蓉子

读侨批数百封,唯陈氏与夫武昌的"手布诗"最奇特!

一对夫妻两封情书,此情既有家计,亦有风月。彼此文字功力相当,对答得难分难解,从中可见其绵绵柔情,缠绵中爱恨交织,万般滋味!

陈氏"告达冤家忍泪吞声,五脏惨裂……,夷邦一年,归计即回,重整旧弦。……与君临别,叮咛谨记,妾入夫门,鱼水相依。意望相守,偕老百年，如鱼得水，首尾相依。……"这样的文字，非常旖旎，有无限的想象空间。那年代，真不容易！古之张恨水，近之琼瑶，郎情妾意亦不过如是！

这文字的诗意与女子待郎深闺的柔情，让我想起名剧《告亲夫》中的颜秋容闺中惜别："才喜良缘巧合，孰料劳燕分飞，骊歌一曲君归去，两地相思会何期？"

女子本多情，离别最伤心！《告亲夫》鬼才编剧，写颜秋容别情：

"郎舟未离青柳下，妾心先在白云边。相逢花向月，赋别迎晨曦，天涯盼飞雁，此地长相思！"

才子情溢砚台，佳人愁凝眉间。这千古的夫妻情爱，离也冤家，聚也冤家！

"商人重利轻别离,前月浮梁买茶去"，在那交通不便的时代，一场科考，一次调任或者出门经商,都像生离死别,哭得泪比长江水。不久之前,还有离人在机场拥抱哭泣,现在飞机航班多,天涯海角也如影随形,即便飞不了,手机还有视频,早晚可谈情。

可惜在这便利的年代,友情爱情亲情都淡了,生活少了萦绕于心的甜蜜。再不会有举案齐眉的故事,反而是分手、反目的更常见。

在一封寄妻信里,有短短四个字:我在,勿嫁!

应选为最深情最感人且最短的情书!

陈氏的丈夫武昌,接到妻子哀怨的信,一颗心自然也七上八下,他回复妻子:

"良言相慰,保重玉体。……昔者一别,身到蛮夷,出于无奈,非心所宜。临行信口,妄定归期,离情别语,五中久系。"

身处异国他乡的落难书生,本就一肚怨气,妻

子催归,不回就要离婚,此心此景,真是满腹委屈对苍天!可又怕妻子真个铁石心肠,于是百般解说:

"自卿归吾,缔结桐丝,原期秦晋,永远相依,上天比翼,落地连理。……蹉跎岁月,误卿青年,后裔祖宗,非敢忘记。……并无侥心,亦非负义,妻你何必,芳心多疑。……自从离家,不过三年,纵欲归回,奈无盘缠。……兄弟朋友,亲戚世谊,虽有相劝,未见赠钱,无翼难飞,非敢负义。……自尽短见,实非所宜,琵琶别抱,或者可以,……诸人乱说,名节关系。家庭细故,难动官司……青楼花月,予未染指,食且不济,安敢拥妓,……草头结发,恩义如天。离合二字,余难主意,或留或去,卿自把持。"

读这两封信,如上一堂戏曲课,一个深闺怨妇,离情别绪望眼欲穿;一个万里游子,满腔失意归舟难系。双双愁恨,声声泣诉,细嚼个中滋味,催人情迷情醉!

两人文采相当,用词典雅,行云流水般的对答,像一出上好戏文。这对夫妻,若写起爱情小说,怎一个美字了得!

岁月易老人恒在

王列耀

侨批里的主人公是裕潮和他的母亲,一对孤儿寡母。

裕潮在这一头,母亲在那一头,侨批是母亲的"手中线",是儿子的"寸草心"。

岁月如梭,一晃二十五载。孤儿与寡母依旧"望洋兴叹"。

初时,母亲南来团聚是裕潮最大的心愿,乃至置终身大事于不顾。一次侨批中,他如此坦言:"何况数年来母亲的入境申请屡次遭遇波折而不能达成愿望,倘儿大胆在这里立家室,而母亲却独居中国,那岂不更使儿徒增愁挂,心事重重!"

无奈个人何以阻挡历史的车轮。

当不惜冒天下之大不韪让母亲以假结婚的名义南来仍不成功时,不知裕潮如何面对昔日"不达目的不甘休"的誓言?

裕潮是南洋的"孤儿",是母亲的"风筝",若不是侨批作线,裕潮很可能会有另一段历史。

终究,历史无法更改。裕潮对母亲的愧疚随着车轮一次次被无情碾压。

母亲南来未能如愿,自然渴望儿子归乡,何况又添了孙儿的牵挂,但裕潮依旧做不到:"母亲屡望儿能回家一行,而儿离开膝下廿余年,思亲之心与日俱增,怎奈经济能力不能如愿,因儿只是经营小贩生意,数年来这里的市情万分冷淡,营业也相当竞争,而致弄成入不敷出。况此上门售卖的小贩生意,不比商店业务,可请伙伴替职。一旦停业回国,因素无积蓄,经济即刻成为严重问题。且客户走散,将来再要收拢实无可能。所以不能如命,尚望原谅。"

字字血泪,不忍卒读,难以想象裕潮如何经受为人子不能尽孝的煎熬和愧疚。

遗憾的是,所能看到的侨批资料有限,心心念念的是裕潮与母亲最终是否得以团聚。

这绵延二十五载的侨批虽然残缺不全,但也足以勾勒母子之间的拳拳真情,特别是刻画出了一位用"寸心"报"春晖"却未能如愿的南洋孝子。

这二十五载是一段特殊的历史,在新世纪成长的青少年是很难体味的。对朝气蓬勃的生命而言,这段饱含艰辛的岁月早已老去,但蕴藏在这些侨批里的行孝之心却永恒地持续着。

后记

梦想已成真,抚今应追昔

[新加坡]蓉子

自8岁起,我就有个梦:还乡!

几十年后,我泪眼婆娑地回到了家乡,正赶上改革开放。

又过了几十年,见证民族复兴,春回大地!

趁着这人们笑意盈盈的好日子,来说点侨批小故事。

侨批,对年轻人来说,这字眼很陌生;对侨乡以外的学者,这词是新鲜的。

侨批就是海外亲人的来信。翻一页近史,读一读侨批,那里面有着不可思议的深情厚意。

我正属于那个"不可思议"的年代,走过侨批的岁月,熬过思亲念家的逆旅!

乡情与亲情,缘自天性,来自内心,无法以物质衡量,更不能用数学去加减乘除。我8岁去国,亲历海外缩衣节食的生活,目睹华人对家乡的牵肠挂肚,苦苦想着何日回归梓里。在希望、盼望、渴望中写家书,直到老死他乡,仍然执着于"寄批回家"的痴心。他们出洋时,没有文凭、没有谋生技能,有者甚至没有路费,就带着一撮乡土,满怀责任,期盼家乡亲人的,仅是一纸回批,慰藉侨居苦旅。

世界最美方块字,文字最美是家书!

写侨批者,居多文化层次不高,但其行文流畅自然,简洁扼要,深情洒落字里行间,没有雕饰,少有赘字,仿佛在读文言文,最精简的句子:"我在,勿嫁""人在,银二"。短短四个字,力透纸背!而侨批中的毛笔字,若游龙,似舞凤,气韵生动,刚劲挺拔。这些文字铭刻了一个特殊的历史年代:旅人寄批捎钱回乡,也根植中华文化于海外。

昔日先辈,在困苦中远渡重洋,他乡劳作,荷负亲人温饱使命;家国有难,奉献犹恐落后。侨批,承载着他们的品德:仁爱、包容、互助、感恩,讲究诚信,爱惜名声……读了这么多侨批,竟未见有怨恨痛骂亲人之言。脆弱的,只是思乡的眼泪。

寄批的日子已远去,海外华人的家乡情已经换了版本。现在我们用手机视频与万里外的亲友说话见面。家乡进步,亲人富有,如此脱胎换骨,寄侨批的英魂有知,应在天上欢声笑!

侨批,世界都在记忆了,我们怎可缺席?悲情已过,不再催泪;让我们来点赞,遥思那年代的纯朴英雄。血泪染红了侨批,世界记忆了游子,激情啊,凝固在历史。江山代有移民去,今日的海外华人华侨仍然多不可数,只是笑声泪影,风格迥异。侨的故事,演绎不断。

感谢文坛众师友,陪我文字游,本书作者群来自四国,老中少,有院校教授,有专业大家。特别感谢林庆熙馆长、林伦伦院长、王列耀会长,为此书耗费不少时间与精力。还有池雷鸣与赖秀俞两位,协助我做了许多编辑前后的工作,因为他们,这本书才得以顺利完成。书中文字分为两辑,侨批故事是池雷鸣博士与几位青年才俊多次泡在侨批馆内,发思古幽情的创作,旨在引导少年读者对侨批的认识。后一辑则是东南亚作家与中国资深学者对"过番谋生"的感怀,浓墨重彩点出根的文化,解读"寄钱回来"以外的游子情怀,探索先辈对道德责任的执着。

侨批文化,晶莹璀璨,兴许,还可作为正衣冠的铜镜。

2018 年 8 月 1 日
于新加坡南洋草堂